Rainar Nitzsche: Spiegelwelten deiner Seele

Der Autor

Dr. Rainar Nitzsche wurde am 27.12.55 in Berlin geboren, ging im Saarland zur Schule und lebt in Kaiserslautern, wo er Biologie studierte und über Brautgeschenke bei Spinnen promovierte. Er ist gelernter Buchhändler und gründete 1989 den Rainar Nitzsche Verlag. Seit 2015 veröffentlicht er nicht mehr in seinem eigenen Verlag, sondern als Autor seine Belletristik und Kunstbücher in Buchform und als E-Books bei BoD und neobooks.

Seit seiner Jugend fotografiert er Tiere, insbesondere Insekten und Spinnen, die sich in seinen Sachbüchern: u. a. *Spinnen kennen lernen*, *Spinnen-Sex und mehr*, aber auch in den Kunstbüchern mit Verfremdung wiederfinden: u. a. *Spinnenkunstwelten 2* (2010), *Spinnen fantastisch verfremdet* (2016), *Aliens* (2016).

»Spinnerei« nennt er seine Belletristik (Lyrik und Prosa): Die anspruchsvollen Fantasyromane *Die Pfadwelten (Gesamtausgabe 2015): Der Leuchtende Pfad des Magiers (1998, 2015), Wandlungen der Drei (2004, 2015), Wüsten-Berges-Himmels-Weiten (2005/2015), Ins All - Im Eins* (2005/2015) (Reise durch die Bioregionen und Kulturen der Erde und den Kosmos). Thematisch geordnete Sammelbände fantastischer Kurzprosa: Die Mondintrilogie: *Ruf der Mondin* (1992), *Im Licht der Vollen Mondin* (1996), *Mondin-Schein und Sein* (2001) (Nachtgeschichten), *Aton - Vater Sonn* (2001, Taggeschichten), *Still riefen uns die Sterne* (2001, Weltraumgeschichten), *Von Engeln, Erleuchtung und Ewigkeit* (2006, meditative Texte), *Spinnentraumgespinste* (2007/2008, Spinnengeschichten), *Das Schlafende steht auf aus seinen Träumen* (2010, Fantastisches). Die hiermit vorliegende zweite Auflage von *Spiegelwelten deiner Seele* (2001, Spiegelungen), wurde vollständig überarbeitet, erweitert und korrigiert.

Rainar Nitzsche

Spiegelwelten deiner Seele

Magisch-fantastisch-lyrische
Kurzprosa

Die Deutsche Nationalbibliothek verzeichnet diese Publikation in der Deutschen Nationalbibliografie; detaillierte bibliografische Daten sind im Internet über dnb.d-nb.de abrufbar.

Impressum
Rainar Nitzsche
Spiegelwelten deiner Seele
Magisch-fantastisch-lyrische Kurzprosa

Fehlerkorrigierte 2. überarbeitete und erweiterte Auflage. Die 1. Auflage erschien Januar 2001 im Rainar Nitzsche Verlag.
Fotografie und Effekte, Lektorat und Computersatz: Dr. Rainar Nitzsche.

© 2016 Herstellung und Verlag:
BoD – Books on Demand, Norderstedt
ISBN 9783741252006

Den stillen Seen
dieser Erde
und aller anderen Welten

Den ersten Spiegeln
außerhalb und innerhalb
von uns

Inhalt

Einklang 9

Seelenspiegel 9
legeipsneleeS 9
AMOK 10
Das andere Land 12
Aufbruch 14
Auflösung 16
Augen auf! 17
Augenöffnen 18
Begrüßen wir den Tod! 20
Bilder für die Ewigkeit 21
Blick in den Spiegel 23
Drachenaugen 27
Drehung 28
Du aber ... 30
Du schaust in den Spiegel 32
Eines Morgens, eines anderen Morgens 33
Eintritt 35
Eisesklirren 36
Ende, Anfang und ... 37
Erkenntnis 38
Frauen am Teich 39
Hass 41
Hinter den Spiegeln 43
Hinweggefegt 44
Im Abteil 46
Im Chinarestaurant 47
Im Theater 49
Initiation 51
Katzen-Ich 52
Ein Klopfen 53
Kraniche 55
Laser 56
Leben und Tod 57
Leser bei Nacht 58
Liebe 60
Lotos und Bardo 61
Das Meer 63
Meine Augen 65
Meine Kinder 66
Millionen und einer - einer unter Milliarden 67
Mondin und Vampir 68
Nachtsee 69
Nairra 70
Parkett 71
Polypen 72
Schrei und Gestalt 73
Sehen und Hören 75
Selbstbildnis psychedelisch 76
Sie und ich 77
So vergänglich 78
Spiegel im Spiegel im ... 79
Spiegelblick 80
Spiegelklang und Spiegelstille 81
Spiegellicht 82
Spiegelliebe 84
Spiegellos 85
Spiegelnder See 86
Spiegelsaal 87
Spiegelt dein Herz sich in der Seele 88
Spiegeltränen 91
Spiegelwelt 93
Spiegelzoom 94
Spieglein, Spieglein an der Wand 96

Tanzsaal	98
Das Taschentuch	100
Tasten und Sehen im Labyrinth	103
Tausend Spiegel	107
Tränen	109
Und möchte sein wie sie!	110
Von Brüsten und Streifen	111
Vom Erlöschen und Weiterleben	114
Was passieren wird	116
Was willst du?	118
Wir stehen auf	119
Wir zwei	120
Zeit	122
Zweimal zwei Spiegel	123

Ausklang 125

Sie und wir	125
Spiegel dort unten	125

Einklang

Seelenspiegel

Tritt ein
in die Spiegelwelten
deiner Seele!

So viele Bilder und Klänge
aus diesem und
vielen anderen Leben!

!eleeS renied
netlewlegeipS eid ni
nie ttirT

legeipsneleeS

AMOK

Sind es die Berge, die da schreien?

»Hoch! Hoch! Hoch!«, krächzen die Stimmen aus den Höllen.

»Tief!«, hallt das Echo aus den Himmeln wider.

Ich habe deine Augen gesehen, worin ich versank. Was aber geschah dann? Was war vorher? Wer bin ich? Und wer bist du, die mich niederrang und stürzte? Das Wort fällt mir nicht ein, das Wort!

Schreiend renne ich nun über taubenetzte Wiesen, zerfetze Spinnennetze.

Andere Wesen, die da aufrecht auf zwei Beinen stehen und gehen und laufen und rennen, leben hier. Sind sie wirklich? Da und da und hier! Überall sind sie. Wie die Fliegen haben sie sich vermehrt.

Ich aber bin der schwarze Engel. Mein Name ist AMOK. So steche und schlage ich sie alle nieder. Blutend weint mein Messer tausend Tode.

Welten spiegeln sich in deinen Augen, Welten. In dir, dachte ich, liegen Welten verborgen. Aber Spiegel heißt doch ... Welten in mir! Ja, in mir, in dir, in uns! Welten schufen wir uns, Welten voller Leben!

Manchmal sah es noch bittend auf, zitterndes Fleisch. Wie es weinte und vor Schmerzen brüllte und fluchte und betete, all dieses Menschengetier!

Komm, lass uns hinuntergehen und fühlen, Mensch unter Menschen sein!, dachten wir einst vor langer Zeit. Jetzt fällt es mir wieder ein. Ich tat es. Du aber bliebst zurück.

Hier bin ich nun und lebe als Mensch unter Menschen. Noch immer! Zugleich aber bin ich dort draußen, wo Himmelsharfen fern verklingen und Höllenstimmen begeistert schreien. Und so ist eins gewiss: Niemals sind es die Berge, die da schreien.

Das andere Land

»Komm!«, sprach der Andere in den Spiegeln vor mir. Und das Wort war Weinen in meinen Ohren: »Komm!« Also folgte ich seinem leisen Ruf und trat ein in das Land, wo Wahnsinn schreit aus allen Mündern und Mäulern, wo Stille nicht ist, nie sein kann, wo sie weinen und lachen ohne Ende.

»Schau!«, sang seine Stimme nun in mir. Und ich sah menschengleiche Wesen durch blühende Wiesen rennen, verharren vor ihren Schwestern, den Stab erhoben, sah sie lachen und schreien und kichernd sich zerschlagen ihre Blumenhäupter.

Dann irgendwann traf ich den mit schwarzem Haupt und ohne Gesicht. Er hob seine schwarzen Arme empor. Sein schwarzer Umhang wehte mir entgegen. Es war ein Mantel aus Flattertieren, aus Fledermäusen, aus kleinen Vampiren. »Fresst!«, hörte ich ihn flüstern in mir. »Dort kommt euer Futter, ein Mensch, der trägt viel Blut mit sich.«

Also erhob sich lautlos der Schwarm, löste sich alles auf, das ihn einhüllte, flog auf mich zu und senkte sich nieder auf meine Brust, auf Schultern und Arme und Gesicht. Dort ruhte für einen Augenblick - eine Ewigkeit - ihr Schwarz auf meiner weißen Haut, auf meinem strahlenden Kleid aus Licht. Denn auch aus meinem Körper waren alle Farben längst gewaschen. Denn in dieser Welt gibt es nur Schwarz und Weiß. Denn hier lebt Wahnsinn wirklich, ist Welt gespalten in Böse und Gut. Und hier ist er, bin ich und niemand sonst in diesem einen Augenblick.

Lächelnd in meinem vampirnen Kleid sah ich den anderen an. Dann reichte ich ihm meine rechte Hand, ergriff seine linke. Wir hielten uns bei den Händen. Beide schrien wir einmal, zweimal, sterbend und wiederkehrend, auf. Kein dritter Schrei war hier und dort zu hören, jetzt nicht und niemals sonst. Und nichts geschah danach.

Ich stand noch immer vor dem Spiegel, allein. Da war kein Spiegelbild von mir. Ich drehte mich um, sah nicht mehr zurück und ging schweigend und lächelnd einer anderen Zukunft entgegen.

Aufbruch

Spiegel, dachte er noch, Spiegel, überall Spiegel. Er sah sich um und sah sich an, sah endlos sein Spiegelbild in Spiegeln gespiegelt, ringsum und überall.

Am Ende bin auch ich ein Spiegel?

Doch wenn da kein Körper vor einem Spiegel stand, wovon sollte dann ein Spiegelbild sein?

Denn das war da, stand sicher fest, noch immer unbeweglich im Spiegel dort vor ihm: das Bild. Aber widergespiegelt, zurückgeworfen von ihm in den Spiegel, und wieder zurück und endlos hin und her. Wie kann das sein?

»Wo bin ich?«, fragte er sich verwundert.

Immer wieder sprach er die Worte laut zu sich selbst: »Wo bin ich? Wo bin ich? Wo bin ich?« Dann noch einmal langsam und laut, klar und deutlich, Wort für Wort: »W o   b i n   i c h ?«

Und die Klänge brandeten zurück. Irgendwo gespiegelt, irgendwie verändert erreichten sie ihn: »WO BIN ICH? Wo Bin Ich? wo bin ich? bin ich? wo bin bin? wo wo? ich?« Immer leiser, dunkler wie das gespiegelte Bild seines Körpers verklangen seine eigenen und doch nun so anders klingenden Worte im Raum. Und auch das Licht auf dieser weiten Ebene, auf der er stand, ein Gräsermeer zu seinen Füßen, nahm immer mehr ab. Dämmerung.

Die Nacht, dachte er, jetzt naht die Nacht, von der ich mein Leben lang träumte, diese eine lautlose Nacht - Stille - Sein.

»Nein!«, brüllte etwas in ihm noch einmal auf.

Doch seine Ohren vernahmen seinen inneren Schrei schon längst nicht mehr. Stille und Schwärze wuchsen unaufhaltsam. Die Spiegel wichen zurück. Die Echos verklangen. Keine Mondin, keine Sterne, nichts leuchtete ihm auf seinem Weg durch die Finsternis. Tastend und mit vorgestreckten Händen setzte er Fuß vor Fuß.

Auflösung

Nein, nicht bei mir zu Hause, sondern in einer anderen Wohnung schaue ich in die Ferne - TV. Doch der Bildempfang ist nicht sonderlich gut. Die Darstellungen wechseln von scharf und farbig über schwarz-weiß zu unscharf. Antenne umstellen wie einst einmal geht nicht, denn es ist Kabelempfang. »Ist etwa der Receiver defekt?«, frage ich und entdecke im selben Augenblick, dass das Kabel zwischen Receiver und Fernseher in Kurven halb rausschauend und weiß übermalt in die Wand eingelassen ist. Wurde es etwa dabei beschädigt?

Mein Bruder antwortet: »Habe den Receiver auf Reisen im Flugzeug mitgenommen. Vielleicht ist ihm das nicht gut bekommen und er hat sich überhitzt.«

Mag sein, wie es will, Probleme mit der Technik, wir alle kennen das. Es ist vorbei, noch nicht vergessen und doch Vergangenheit. Denn jetzt erblicke ich mich im Spiegel. Sind nur noch wenig Haare da oben auf meinem Kopf. Wie bin ich denn zu dieser Glatze gekommen? Ganz plötzlich über Nacht? Vergeht die Zeit so schnell?

Ich streiche mir darüber. Schuppen fallen.

»Kommt das etwa vom Sonnenbrand?«, flüstere ich, denn die Haut ist rot, scheint sich gänzlich abzulösen. Und das Schlimmste von allem: Es hört einfach nicht auf. Es ist, als fiele Schnee aus dunklen Winterwolken. Ja, mein Kopf, mein ganzer Körper, das Zimmer, alles hat sich verdunkelt. Ich ...

Schneeflocken schweben weiß durch Schwärze. Sie hören nicht auf zu fallen, sind alles, was von den Dingen bleibt.

Augen auf!

»Ich sehe was, was du nicht siehst, und das ist ...
Nein! Nicht rot, sondern tot!«

Seltsam, seltsam, die Augen aufgerissen weit aufgerissen und doch so blind!, dachte der - nun ja, seine Seele, sein Geist, der sich im Spiegel ein letztes Mal erblickte.

Augenöffnen

Von vielen Dingen träumte ich bei Nacht. Doch gerade erwacht, war da nur das Bild von einem schwarzen Schatten. Als ich meine Augen öffnete, sah ich ihn gerade noch sich von meinem Bett erheben. »Halt!«, rief ich ihm schlaftrunken nach. Doch es war zu spät. In diesem Augenblick war er auch schon davongeschwebt, verschwunden.

Jetzt erst fiel mir auf, was in meinem Zimmer anders war als sonst: das Licht! So hell war es doch noch nie gewesen! Verwundert sah ich mich um.

Nirgendwo brannte eine Lampe!

Ich stand auf, zog die Gardinen zur Seite und schaute zum Fenster hinaus.

Geblendet vom Zimmerlicht sah ich die dunklen Wolken dort draußen nicht.

Irgendwann, viel später, nachdem ich mich hingelegt hatte und eingeschlafen war, stand ich von meinem Bett auf und schaute in den großen Spiegel an der Wand. Blitzschnell schloss ich wieder meine Augen, um nicht zu erblinden. Denn leuchtend weiß war meine Gestalt.

»Ach! Gibts das denn? Das gibts doch nicht! Oder doch oder ja oder nein?«, plapperte es sekundenkurz irgendwo in mir, während ich noch immer mit geschlossenen Augen staunend dastand.

Dann wurde mir klar, was geschehen war: Meine dunkle Seite, der schwarze Schatten hatte mich verlassen, die weiße Hälfte war geblieben.

So weit, so wunderbar!, könnte man glauben. Und doch, eine Sache fiel mir noch ein: Müsste ich nicht viel mehr sein, in zahlreichen Farben leuchten? Was soll denn diese Schwarzweißmalerei? Sind wir Menschen denn nur gut und böse und sonst nichts?

Das alles dachte ich jedoch erst nach dem Traum, nach dem Erwachen, nach dem Augenöffnen am Morgen dieses einen Oktobertages, das alles, während draußen der Wind die Bäume bewegte, der Himmel sich schwarz verfärbte, der Sturm begann.

Begrüßen wir den Tod!

Lyrische Collage zum Film ZARDOZ

Wir, die wir nicht sterben können, flehen dich an:
»Erlöse uns von diesen Qualen!
Gib uns den süßen Tod!
Wir wollen endlich s t e r b e n !!!
Setze der Ewigkeit ein Ende!
Töte die Spiegel!
So tötest du uns.«

Bilder für die Ewigkeit

Ein anderes Spiegelbild von dir, auf Zelluloid gebannt, schwarz-weiß zunächst und dann in Farbe, beginnt zu laufen. Magnetisch gespeichert findest du dich schließlich in den Löchern einer silbernen Scheibe wieder. Morgen aber wird das Bild von dir im Kristall gefangen sein, dreidimensional, mit deiner eigenen Stimme und dem Duft deines Körpers. Selbst deine Gedanken werden da sein, die du damals dachtest, und alles, was in dir war, all deine Erinnerungen und Träume.

All dies lebt nun ewig weiter in diesem perfekten Bild?

Wie lange wirklich?

Was heißt perfekt, was ewig?

Was ist unsterblich?

Wer von denen, die da nach uns Menschen kommen, wer von ihnen wird sich dann noch für unsere »großen« Dichterkönige begeistern?

Archäologen vielleicht, Sprach- und Ahnenforscher!

So sind dann all die Großen der Menschheit zu Staub geworden, so wie die Kleinen schon lange zuvor, die ohne Abbild blieben, über die niemand jemals ein Wort niederschrieb, die niemand filmte und interviewte. So sind dann alle nun in Einem gleich: gegangen und vergessen.

Dies scheint dir einzuleuchten, der du diese Worte liest und nickst. Denn nichts ist ewig, denn alles vergeht.

Und doch ist alles anders, schon immer anders gewesen, lange schon, bevor es Menschen gab. Seit Anbeginn war es so, ist es noch immer und wird immer so sein: Alles ist ewig, denn alles ist. Denn was geschieht, das existiert.

Blick in den Spiegel

Er sah in den Spiegel. Lange stand er davor. Er sah sich an. Diese Visage dort gefiel ihm ganz und gar nicht. Ja, früher, als er noch jung war, da ..., aber nun waren da Schattenringe unter den Augen, rotes Adergeflecht im Weiß, Bartstoppeln und überhaupt ...

»Alles Scheiße!«, murmelte er, »es reicht! Genug ist genug!« Dann trat er einen Schritt zurück, nahm die Grundstellung ein, holte zum geraden Fauststoß aus, schlug mit einem Kiai - Schrei der Entspannung - zu. Seine rechte Faust raste ins Spiegelglas. Es zerbrach. Und alles war voller Splitter und Scherben.

Gerade war Julia ins Bad gekommen, sah noch seine durch die Luft fliegende Faust, hörte seinen Schrei, sah das splitternde Glas und - auch aus ihrer Kehle brach ein Schrei hervor / empor. Dann war da nur noch Schwärze, tiefe sternenlose Nacht.

Aus der Ohnmacht erwacht auf dem Rücken liegend reibt sie sich die Augen und fragt sich flüsternd: »War alles nur ein Traum?« Und schon hebt sie ihren Kopf ein wenig vom Untergrund ab und erblickt überall auf dem Boden verstreut liegende Spiegelscherben. Also doch kein Traum!

Sie steht vorsichtig auf, denn in ihr dreht sich alles. Sie stützt sich am Schrank ab und erstarrt: Nirgendwo ist da auch nur eine einzige Scherbe zu erblicken. Dann schaut sie auf und - erblickt den gänzlich unversehrten Spiegel über dem Waschbecken an der Wand. »Der ist niemals zerbrochen!« Nanu!? Gedanken rasen in ihrem Kopf, Erinnerungen, ein Film läuft vor ihrem inneren Auge ab, zeitgedehnt und ohne Ton: Michael schlägt mit seiner Faust ins Spiegelglas und fällt und hört nicht auf zu fallen. Und dann, zeitverzögert, Sekunden später erst knallt es, klirrt es, lärmt es gewaltig. Es ist, als stürze die ganze Welt ein.

Wankend steht sie auf, geht zum Spiegel, schaut hinein. Noch immer lebt dort sein Spiegelbild. Grimmig, entschlossen, die Faust vorgestreckt im Schlag, sieht sie seinen Oberkörper.

Jetzt aber senkt er seinen linken Arm, und die Faust wird wieder zur Hand, dreht sich um und geht davon, wird kleiner und kleiner, entschwindet schließlich ganz, verschwindet in der Spiegelwelt.

All das nahm sie wahr und in sich auf und begriff – nichts. Lange Zeit schaute sie noch in den Spiegel, wie auch er es einst tat. Schwindlig setzte sie sich schließlich auf den Badewannenrand. Irgendwann dann fragte sie sich leise flüsternd: »Was ist da nur geschehen? Musste es so sein? Und warum ausgerechnet ihm, warum mir? Das nimmt mir keiner ab, das glaubt mir doch kein Mensch. Die werden mich in die Klapse stecken oder sperren mich lebenslänglich wegen Mord an meinem Mann in den Knast. Denn alles muss schließlich seine Ordnung haben in unserem Land, also ... Andererseits«, sie begann zu kichern: »Hihi, ohne Leiche kein Mord! Mir kann ja keiner was!«

Sie meldete sein Verschwinden brav, wie es sich gehört, der Polizei. Sein Verschwinden wurde protokolliert. Das wars. Wie sollte auch irgendwer außer ihr irgendetwas über sein Verschwinden wissen! Wie hätten sie ihn denn finden können! Also verlief die nie erfolgte Suche im Sand. Also wurde der Fall als ungelöst zu den Akten gelegt.

Julia aber begann sich schon wenig später an eine wundervolle Welt voller Zärtlichkeit und Liebe zu erinnern, auch wenn es nur ein kleiner Teil ihrer Wirklichkeit gewesen war. Sie schottete sich immer mehr von der Außenwelt ab, erledigte zunächst noch neben der nötigsten Hausarbeit ihre Einkäufe im Discounter um die Ecke selbst, bis sie die Bestellmöglichkeit von Lebensmitteln und allen anderen Dingen im Internet entdeckte. Auf ihrem Konto war noch genügend Erspartes.

Sie dachte nicht daran loszulassen und wieder in die Realität, die Gegenwart ohne ihn zurückzukehren.

Sie begriff nicht, dass nur das Jetzt wirklich ist und von der Vergangenheit nur bruchstückhafte, von den eigenen Sinnen getrübte Erinnerungen bleiben. Und die Zukunft ist ohnehin nur Traum und Illusion. So begann sie zu träumen, wie schön doch alles war, ein Film lief ab vor ihrem inneren Auge, Klänge, Stimmen, ihre Stimmen sprachen und lachten und weinten in ewiger Harmonie:

»Ja, wir beide waren schon immer füreinander bestimmt. Wir sind das glücklichste Paar auf Erden.«

So war ihre Liebe immer bei ihr und konnte nie vergehen. In den Spiegel über dem Waschbecken im Bad jedoch schaute sie nicht mehr. Wozu auch? Sie war jung und hübsch für alle Ewigkeit. Make-up brauchte sie nicht. Und das Zähneputzen ging auch mit geschlossenen Augen.

Und doch geschah es eines Tages, dass sie ihre Augen öffnete und ihr Gesicht im Spiegel erblickte.

War es Zufall, dass sie ihre Augen nicht schloss? Oder sollte es so sein, weil irgendwer dort oben oder sonstirgendwo es so beschlossen hatte? Mag auch sein, dass sie nach vielen Jahren mal wieder die Märchen aus ihrer Kindheit gelesen hatte und sich nun fragte: Wer ist die Schönste im ganzen Land? Wie auch immer, sie sah in den Spiegel.

Seltsam, die dort drüben sieht ein wenig aus wie ich. Nein, ich bin das nicht, mit solch einem Gesicht, das kann nicht sein! Die hat ja eine faltige Haut , einen Damenbart über der Oberlippe und Krähenfüße an den Augen. Die Frau ist alt, und ich bin jung. Muss am Spiegel liegen, der ist ja gänzlich zugestaubt, seit vielen Jahren nicht geputzt und zahnpastaverspritzt, ja, der verzerrt mein Gesicht.

Während sie noch immer schaut, taucht unverhofft ein anderer Gedanke auf: Habe ich das nicht schon einmal getan? Sah ich nicht auch einst einmal lange Zeit in meinen Spiegel?

Versteht sich, mehrmals jeden Tag. Doch das ist lange her. »Ach, Michael! Ich liebe dich!«

Tränen tropfen, laufen ihre rechte Wange hinab.

Und auch ihr Spiegelbild weint, Tränen fließen dort jedoch aus dem anderen Auge.

Sie zieht ein Taschentuch aus ihrer Hose und trocknet die Tränen von der linken Wange ab, schaut auf - in ihr Bad. Das aber ist leer.

Dann dreht sie sich um und geht ihrer unbekannten Zukunft entgegen.

Drachenaugen

Sonnenstrahl ist dein Erinnern. Klang in dir formt Worte: »Schau in die spiegelnde See!«

Du tust es. Du siehst. Neugierig schauen dich dunkle Augen an, deine Augen - Drachenaugen.

Und du fällst zurück ins Gestern, weiter und weiter und vor die Grenzen von Geburt und Tod, weit, weit zurück. Kopfüber stürzt du in die kühle Flut, fällst durch ein Meer von Licht.

Dann tauchst du auf aus flimmernden Zwischenräumen. Jetzt begreifst du, weißt du, wer du bist und brüllst aus voller Brust dir selber Worte zu, die die Welt erschüttern: »Ich bin der Drache von Metalon, der einst sich erhob aus den Nebeln der Ewigkeit und zu den Inseln in der Weite schwebte. Das aber sind Planeten, die um Sterne kreisen. Dort war es ja, auf einem von diesen, wo ich sie alle fand: Winzige, staunend-kniende, schreiend-fliehende Wesen, die sich Menschen nannten. Ja, die schmeckten von Drachenfeuer kross geröstet nicht einmal schlecht.

Drehung

Die Drehung nach rechts, ein wenig nur, die Drehung deines Kopfes.

»Warum?«, wunderst du dich.

Ein Laut!

Eine endlose Reihe von Köpfen taucht auf, die sich nacheinander drehen, alle ein wenig nur, alle um den gleichen Winkel in die gleiche Richtung. Sie schauen dich alle an aus dem Augenwinkeln, aus dem Spiegel. Sie schauen alle ein wenig nur nach links.

Überall drehen sich Köpfe dir zu. Denn rechts von dir, dort wohin du jetzt schaust, hängt der Spiegel an kahler Wand, in den du noch immer blickst.

Ihre Ohren haben deine Stimme vernommen. Jetzt schauen ihre Augen dich an.

Du aber schließt deine Augen, beginnst dich rechtsrum im Kreis zu drehen, immer schneller und schneller, jetzt rotierst du schon, aufgelöst sind die Konturen, einem Nebel gleich für den, der im Zimmer steht und dich betrachtet. Doch außer dir ist niemand hier.

Du öffnest deine Augen und findest dich wieder im Zentrum eines kreisrunden Saals, umgeben von einer Spiegelwand und Spiegel zu deinen Füßen und Spiegel an der Decke.

Sie alle blicken dich an, endlose Reihen von Augen, Augen in allen Farben, vor dir, hinter dir, neben dir, auch unter und über dir. Gespiegelt, gespiegelt, gespiegelt.

Du versuchst der gewaltigen Reizflut zu entkommen. Dein Kopf brummt. Du schließt Augen, Ohren, Nase, all die Sinne deiner Haut, deines Geistes, deiner Seele. So hast du dich nun in dich selbst zurückgezogen. Jetzt nimmst du nichts mehr von dort draußen wahr. Und doch ist alles vergebens, denn noch immer siehst du tief in deinem Innern deinen Kopf sich ein wenig nur nach rechts bewegen.

»Warum?«, wunderst du dich.

Ein Laut!

Eine endlose Reihe von Köpfen taucht auf, die sich nacheinander drehen, alle ein wenig nur, alle um den gleichen Winkel in die gleiche Richtung. Sie schauen dich alle an aus dem Augenwinkeln, aus dem Spiegel. Sie schauen alle ein wenig nur nach links …

Du aber ...

Inspiriert vom Bauchtanz beim 40. Geburtstags meines Bruders

Du aber schaust hinter den Schleier, dorthin, wo ihr Unterleib kreist und ...

Sie dreht sich im Kreis, während Trommeln noch immer dröhnen?

Nur kurz erblickst du ihre Füße: tänzelndes Ballett über poliertem Parkett, siehst ihre weißen Zähne entblößt im lächelnden Gesicht.

Und noch immer klingt der orientalische Sound aus den Boxen in deinen Ohren. Und noch immer ist da das Schlagen der Trommel deines Herzens. Und noch immer kreist und schwingt, vibriert ihr Körper, sind ihre Hände emporgestreckt, bewegt sich ihr Kopf hin und her. Bauchtanz, Schleiertanz, Schlangentanz.

Jetzt endlich schließt du deine Augen. So beginnst du nun wahrhaft zu sehen: Da tanzt keine Frau, da bewegt sich kein Mensch! Sie schaut dich aus leuchtend grünen Augen - Katzenaugen? - an.

Mit einem Wort aus voller Seele winkt sie dir zu, lockt sie dich an. »Komm!«, ruft das Flüstern ihrer Stimme - tief in dir.

Dort draußen aber brennen überall Feuer in dieser sternenlosen schwarzen, schwarzen Nacht, die keine Mondin kennt und niemals kennen wird.

Jetzt machst du einen Schritt - hin zu ihr.

Doch ihre Augen schwinden, verschwinden - Schwärze bleibt und schimmernder Schein.

Und weiter gehst du - allein, bis vor dir ein See aus brennendem Stein aufleuchtet! Das ist Magma, das ist Erde!

Erde oder Nichterde?, das ist hier die Frage. Wo bin ich?

Du schaust auf. Noch immer sind da keine Sterne am Himmel. Noch immer spürst du nur Steine unter deinen Füßen.

Du schaust hinab: Der rote See wird dir zum Spiegel.

Du spürst die Hitze nicht, so neigst du dein Haupt der leuchtenden Fläche entgegen. Jetzt siehst du dein Spiegelbild.

Hallo!, grinst dort die Dämonenfratze, schwarz aus brennend rotem Meer! Und glühender als alles sonst leuchten deine Augen aus rabenschwarzem Gesicht. Und dein Haar windet sich tentakelgleich, dehnt sich und streckt sich, ergreift irgendetwas irgendwo und reißt dich mit sich fort ...

Du schaust in den Spiegel

Du schaust in den Spiegel vor dir. In deinen Ohren erklingt ein Lied, ein Song: From Dawn ... von Tangerine Dream.

Deine Augen brennen.

Schwarze Höhlen starren dich aus einem Totenschädel. Wo eben noch deine Zunge war, züngelt nun eine grüne Schlange.

Du willst schreien, doch kein Laut verlässt deine Lippen.

Die Zungenschlange kichert, womit auch immer, leise vor sich hin.

Weit öffnet sich dein Gebiss, soo weit!

Größer wird dein Schädel und - klapp! - hat er dich dort draußen auch schon verschlungen.

Eines Morgens, eines anderen Morgens

Eines Morgens.

Schreiend erwachte *er* aus seinen Träumen. Er stand auf und schwankte, wankte noch immer schreiend zum großen Spiegel. Da stand er nun in seinem kleinen Dachzimmer vor dem Waschbecken neben der Tür zur Gemeinschaftsküche. Längst war der Schrei verstummt, war irgendwo weiter unten in der Kehle - oder schon oben im Hirn? - stecken geblieben. Vor sich sah er seinen Mund, der offen stand, nun stumm vor Staunen. Zwei entsetzte blaugraue Augen schauten ihn an. Das war alles, was er von Gesicht und Körper sah. Lange Zeit stand er so vor dem Spiegel. Dann irgendwann begann sein Mund im Spiegelbild allmählich zu verblassen, verschwand. Schließlich löste sich sein linkes Auge, dann sein rechtes auf. Nichts blieb von seinem Spiegelbild. Niemand stand davor.

Eines anderen Morgens in einer anderen Stadt.

Schreiend erwachte *sie* aus ihren Träumen. Sie stand auf und wankte, wankte noch immer schreiend ins Bad, sah in den Spiegel. Da stand sie nun. Längst war der Schrei verstummt, war irgendwo weiter unten in der Kehle - oder schon oben im Hirn? - stecken geblieben. Vor sich sah sie ihren Mund, der offen stand, nun stumm vor Staunen. Zwei entsetzte braune Augen schauten sie an. Das war alles, was sie von Gesicht und Körper sah. Lange Zeit stand sie so vor dem Spiegel. Dann irgendwann begann ihr Mund im Spiegelbild allmählich zu verblassen, verschwand. Schließlich löste sich ihr rechtes Auge, dann ihr linkes auf. Nichts blieb von ihrem Spiegelbild. Niemand stand davor.

Wieder ein anderer Morgen an einem anderen Ort

Schreiend erwachte *es* aus seinen Träumen ... Es stand auf und wankte, wankte noch immer schreiend hinaus aus der Höhle hinunter zum See, der dunkel unter dem Licht der Vollen Mondin und klarem Sternenhimmel träumte. Es blickte hinab in die stillen Wasser. Nirgendwo war da eine Welle. Stille ringsum. So stand es da. Längst war der Schrei verstummt, war irgendwo weiter dort hinten unten stecken geblieben. Vor sich sah es seinen Mund, der offen stand, nun stumm vor Staunen. Drei entsetzte glühende Augen schauten es an. Das war alles, was es von Gesicht und Körper sah. Lange Zeit stand es so vor dem Spiegel. Dann irgendwann begann sein Mund im Spiegelbild allmählich zu verblassen, verschwand. Schließlich lösten sich erst sein Scheitelauge, dann sein Augenpaar auf. Nichts blieb von seinem Spiegelbild. Niemand stand davor

Jetzt in diesem Augenblick.

So verschwanden drei Wesen an drei Orten zu drei Zeiten in drei Welten. Wohin sie wohl gingen?

Mag sein, dass sie sich fanden irgendwo im Nirgendwo, eins wurden und glühten in Liebe und Licht, mag sein. Wir hier, du und ich, wir wissen es nicht und - werden es auch niemals erfahren.

Eintritt

Ich betrat den Raum, hielt an und sah die Wände, die Tür, gespiegelt mir gegenüber.

Alles klar!, dachte ich noch einen Augenblick lang, dann hielt ich den Atem an, Schrecksekunde, Hitze, Angst. Da war kein Spiegelbild von mir!

Schließlich erwachte ich doch noch aus meiner Starre, murmelte: »Was solls!« und trat auch schon mutig vor, wenige Schritte nur, hob meinen rechten Fuß und - lautlos durchbrach ich das spiegelnde Glas.

Eine andere Welt lebt hier, in der die Nacht aus Licht gewoben ist und der Tag so dunkel schwarz ganz ohne Sterne.

Ich schreite auf einer weiten Wiese in sanftem Rot dahin, sehe dort in der Ferne einen Spiegel stehen und einen Menschen den Spiegel verlassen. Ich gehe darauf zu, komme näher und näher, und langsam wird mir alles klar. Denn dieser Mensch, ein Mann sieht aus wie ich. Im Näherkommen erkenne ich mich in ihm wieder.

Doch schon bin ich an ihm vorbei, beachte ihn nicht mehr, gehe immer weiter. Denn so steht es geschrieben. So soll es sein. Also handle ich so, wie ich handle. Also gehe ich vorbei und meiner unbekannten Zukunft in dieser neuen Welt entgegen. Ich weiß, dass auch der Andere, der aussieht wie ich, der eine Kopie von mir ist, wenn ich denn nicht eine Kopie von ihm bin, der mein Zwillingsbruder ist, schon immer war und sein wird, der längst meinem Blick hinter Bäumen entschwunden ist, dass auch er seinen ihm aufgetragenen Lebensweg gehen muss und es ohne Murren tut.

Eisesklirren

Schritte in Eiseskälte, eine Krähe krächzt auf rechter Schulter, so schreite ich schweigend meinem Ziel entgegen.

Spiegelnde Helle, golddurchtränkte Weite, Licht singt über Schwärze.

Unter uns ist der See in frostiger Luft erstarrt ... Stille über der Zeit, nur Schritte ...

Krachend bricht das Eis.

Und ich - die Krähe flattert empor - falle, stürze bodenlos durch berstende Spiegel hinab!

Strömt kaltes Nass in meine Lungen.

Schau an, sieh da, dort treibt ein Mensch - geistverloren im Dunkel.

Erwacht im Funkeln der sternenklaren Nacht, ruhe ich warm und trocken auf weiten Wiesen. Allein!

Jetzt und hier und immer wieder allein? Das muss doch nicht sein. Vor Zeiten, irgendwann, Erinnerung, war da nicht ein Rabenvogel mein Begleiter?

Leise schwebt der Elfen Lied herab aus klaren Lüften.

Lausche ihrem Gesang.

Stehe nun auf und tanze um weiße Blüten, drehe mich rasend um mich selbst, steige auf, verzaubert, unendlich klein, berauscht in den Düften dieser Sommernacht, lache, singe mit in ihrem Chor ...

Zeit verschwimmt zu Ewigkeit.

Ende, Anfang und ...

Sie nimmt seine Hand in der Nacht und flüstert ihm ins Ohr: »Schau die Mondin dort, lautlos steigt sie aus schweigenden Wassern empor.«

Beide sehen sie von hohem Ufer hinab.

Lächelnd locken Licht und See und flüstern ihnen zu: »Kommt!«

Also springen sie.

Und donnernd zerbirst die Stille, denn schreiend breiten sich die Wellen aus im See, an Land, in Luft, im All.

Die anderen sahen sie niemals wieder.

Welche anderen?

Nicht die von ihrer Art. Denn die, die da sprangen, waren die ersten, also die letzten Menschen dieser Welt.

Wieder träumt still der See. Wie immer spiegelt sich darin das volle Rund der Mondin.

Andere Wesen schauen hinab von den Ufern, sich zu finden, hier und dort und überall.

So war es schon einmal, so geschieht es immer wieder von neuem. Sie aber wissen es nicht.

Erkenntnis

Sehe mich in einem Spiegel: Wasser in einer Pfütze im Sand. Das also ist meine Gestalt! War ich nicht einst ein Mensch auf Erden?

Erinnern: Da waren gläserne Puppen, irgendwo und irgendwann. Ich sah sie. Sie sahen mir nach auf meinem weiten, weiten Weg ins All. Also bin ich gestorben, um hier nun wiedergeboren zu werden, in einem Spiegel im Wasser in einer Pfütze im Sand dieser fernen Welt ohne Namen, wo kein Mensch leben kann, niemals.

Verstehen: Ach, deshalb sehe ich so aus, trage ich diesen gepanzerten Körper eines Wüstenwesens.

Beruhigt drehe ich mich um und gehe meiner Zukunft entgegen. Ich lebe, doch hinter mir stirbt mein Bild im Wasser.

Frauen am Teich

Da laufe ich also so durch die Gegend. Befinde mich übrigens in einer mir unbekannten Stadt, vermutlich hier in Urlaub. Überall sind da neue Dinge, die mich zum Schreiben inspirieren. Dann entdecke ich auch noch zwei Frauen, beide in Blau, die am Ufer eines winzigen Sees sitzen. Also zücke ich meinen Kugelschreiber und meine Notizzettel und schreibe, was ich zuvor auch schon tat. Hoffentlich reicht das Papier, fällt mir noch ein. Und das sind die Worte, die ich nun noch einmal lese:

Frau in Blau gespiegelt in Grau.
Und etwas steigt auf.
Wer spiegelt sich worin?

Dann beschließe ich rüber zu gehen.
Wohin?
In den anderen Stadtteil natürlich. Denn dort ist immer was los, hat man mir wohl zugeflüstert. Doch wie auch immer, ich muss durch die Unterführung, den Tunnel.

Schienen liegen hier dicht an dicht. Wenn jetzt ein Zug käme, dann ... Und den dicken Rucksack trage ich auch noch auf dem Rücken.

Schon naht ein Zug von hinten.

Rechts an die Wand kann ich nicht ausweichen, also wende ich mich nach links. Doch da liegen auch Gleise, die ich betreten könnte, was ich aber nicht tue.

Wenn mir jetzt noch ein Zug entgegenkommt, zerfetzt es mich, denke ich noch und renne auch schon los.

Schaffe ich es?

Ist alles vorbei?

Habe ich überlebt?

Die Melodie meines Handys »Shadow of your Smile« weckt mich. Es ist 8 Uhr. Der Traum ist ausgeträumt und wird niemals weitergehen, weder dort noch hier noch irgendwo?

Hass

Da saß er also wieder mal alleine unter den Menschenmassen. Ganz unten war er, ganz unten auf dem Boden saß er. Die wenigsten sahen ihn. Dort saß er still und stumm, neben sich ein Schild: *Ohne Arbeit ... Autounfall ...* Das las einer, der vorüberging, der schrieb es auf. Und hier steht es nun geschrieben.

Er aber - ja, der da, der da saß! - wartete auf milde Gaben - Almosen.

Einsam und allein, armes Schwein!, dachten einige vielleicht, die ihn sahen, und gingen weiter - Passanten.

Ich aber sah und las und spürte mehr, etwas, irgendwas Erschreckendes in ihm - blieb stehen. Ich sah ihn an, betrachtete ihn still. Als ich mich abwandte, fühlte ich es, spürte, wie hinter meinem Rücken seine Augen Blitze schossen. Hass war es, der mir galt. Denn ich hatte es gewagt, hatte es getan, hatte ihn angestarrt, ohne ihm etwas zu geben. Wirf keine schwarzen Schatten über ihn!, dachte ich. Betritt nicht die dunkle Seite der Macht! Hasse nicht wider, wenn er dich hasst! Tu es nicht, nicht, nicht!, rasten wie wild Gedanken in mir. Dann tauchte im Strudel eine neue Idee auf, SPIEGEL hieß sie. Spiegel, dachte ich und schuf ihn mir auch schon in meinem Geist, warf ihn hinter mich. Dort ließ ich ihn zurück und verschwand in den Menschenmassen.

So traf nun sein Hass nicht mich, sondern den Spiegel, traf ihn genau im richtigen Winkel, was einfach kein Zufall sein konnte, prallte ab, raste zurück wie ein Bumerang. Doch nicht seine Hand hatte die Waffe geworfen. Hass schrien seine Gedanken, Hass schleuderte aus sein Geist und fing ihn wieder auf. Und das geschah unverhofft und mit voller Wucht. Er starb ohne Schrei, dort, ganz unten auf dem Boden inmitten von Menschenmassen beim Altstadtfest von Kaiserslautern. Und lange, lange Zeit lag er da - unbemerkt.

Hinter den Spiegeln

Hinter den Spiegeln
dem schimmernden Glas
in dir
klingt still
der Atem deiner Seele

Tritt ein!

So wirst du
schauen den Ton
lauschen schmecken fühlen
selber sein
ein blaues Licht
das ewig brennt
mit rotem Schein

Hinweggefegt

Es fiel ihm beim Putzen des Spiegels in der Ecke seiner Küche ein, die zugleich sein Bad war, als er einen Fleck entdeckte und mit dem Schwamm darüber wischte.

Vielleicht habe ich mich ja geirrt, dachte er, und es war tatsächlich nur ein Fleck, nicht mehr, was sonst?!

Oder aber es war doch so gewesen, wie er zuerst gedacht hatte, dann aber war es schon zu spät, war nichts mehr zu machen.

Doch wie auch immer, von Bedeutung ist vielleicht nur das, was ihm eingefallen war und er nun vor sich hinmurmelte: »Oje, eine Fliege, eine kleine Fruchtfliege. Was habe ich getan?! Das wollte ich nicht! So plötzlich aus dem Leben hinweggefegt.«

Plötzlich hinweggefegt, von wegen, gemeuchelt, einfach so zerquetscht, das ist Mord, nun gut, eher Totschlag. So jedenfalls würde es die Fliege, so würden es alle Fliegen sehen, verstehen, wären sie keine Fliegen, sondern Menschen.

So ist es also, dachte er weiter, nicht nur bei Fliegen, sondern auch bei uns. Schließlich wird auch der eine oder andere, also eine ungeheure Zahl weltweit plötzlich aus unerklärlichen Gründen aus dem Leben gerissen oder aus sehr erklärlichen Gründen, wie wir glauben.

Doch auch da irren wir uns, wie so oft. Denn die wahren Ursachen sind anders. Denn da existieren Dämonen, Engel und Götter außerhalb unserer Wahrnehmung, unserer Verständnismöglichkeiten, also außerhalb unserer Welt. Und vielleicht machen sich einige unter ihnen auch nur einen Spaß. Andere mögen wahrhafte Sadisten sein. Wiederum andere mögen uns wie Haustiere halten, hüten und beschützen. Die meisten aber gehen wohl einfach vorüber, ohne uns auch nur zu beachten. Sie aber sind es, die den einen, den anderen, manche von uns zertreten.

Vielleicht aber trifft es nicht nur einzelne Wesen kurz und schmerzhaft, vielleicht stürzen sie allein durch ihren Atem ganze Menschenvölker in Wahnsinn und Krieg.

Welten, Planeten, Sonnen, Sternennebel und Galaxien, ja Universen mögen sie im »Vorübergehen« vernichten - oder auch entstehen lassen.

Siehst du, das ist es, was er einst sah. Ach ja, ich bin es ja, er ist ich. Und deshalb weine ich. Du verstehst?

Im Abteil

Im Spiegel gespiegelt ein Spiegel
- und meine Jacke
In diesem Spiegel ein Spiegel
darin Spiegel gespiegelt
Und wieder und wieder
hin und her
Spiegelbilder
immer kleiner
endlos

Im Chinarestaurant

Hinten in der Spiegelwelt, ja dort in der linken Ecke sehe ich im Profil einen Mann, der mir doch sehr bekannt vorkommt. Jetzt lächelt er und bewegt seine rechte Hand. Vor ihm, hier und dort und überall stehen zahlreiche Tische mit Stühlen. Menschen sitzen daran, einige hier, andere da. Zwei Welten verbunden und doch getrennt durch eine wandbreite Scheibe aus Glas. Ach ja, hinter mir sitzen drei Uniformierte, dort im Spiegel und natürlich auch hier im Restaurant.

Nein, sie sind nicht vom amerikanischen Militär, von der Airforce, Stichwort Airbase Ramstein bei Kaiserslautern. Sie sehen aus wie leitende Angestellte eines Büros. Was sie hier tun, ist klar, wie wir alle essen auch sie hier zu Mittag, tragen aber im Unterschied zu den anderen Gästen alle einen schwarzen Anzug mit weißem Hemd und Krawatte - ihre Uniformen.

Das also ist die reale Welt: ein Chinarestaurant zur Mittagszeit.

Drüben jedoch gehen und kommen und speisen unsere seitenverkehrten Spiegelbilder.

Wir leben.

Sie sind nichts ohne uns. Denn wenn hier die Lichter erlöschen, sind auch sie nicht mehr: dahingegangen, Vergangenheit ohne Gegenwart und Zukunft.

Das ist die Theorie.

Jetzt aber am späten Abend erlöschen alle Lichter, erheben wir uns ängstlich von unseren Plätzen. Starr sind wir, still und stumm - einige von uns zumindest. Die anderen schreien und brüllen und rufen nach Licht und rennen davon, hierhin und dorthin und im Kreis herum. Wir gehören zu den wenigen, die sich durch die Dunkelheit unserer Welt vorsichtig und mit Bedacht tasten.

Wir haben die Tür erreicht, wir öffnen sie. Wo die Ängstlichen verblieben sind, wissen wir nicht. Wir sind im Freien, denn wir spüren den Windhauch auf unserer Haut. Sehen können wir nichts, denn die Nacht ist rabenschwarz. Also lauschen wir ängstlich in die Schwärze, die uns umgibt, und nehmen weder die lautlosen Schritte der Katze noch den Flügelschlag der Eule und schon gar nicht die für uns im Ultraschall liegenden Fledermausschreie wahr. Und alles ist so, weil wir Menschen Tagwesen sind.

Sie aber, die anderen in der Spiegelwelt, die aussehen wie Menschen, sie sind Wesen der Nacht. Also verlassen sie jetzt springend und singend den Saal, laufen durch offene Türen und rennen freudig hinaus in ihre Welt. So begrüßen sie die Schwärze, die ihr Leben ist, die sie lieben, in der sie sich bewegen mit Sinnen, vergleichbar mit denen von Spinnen, Eulen, Katzen und Fledermäusen. Wer hätte das gedacht!

Im Theater

Du siehst in einen gewaltigen Spiegel, der die ganze Seitenwand dieses Saals einnimmt.

Nein, so einfach war das anfangs nicht. Lang hat's gedauert, bist du begriffen hast, dass dort keine anderen Sitzreihen mit Menschen auf Stühlen existieren, die wie du und deine Freundin auch hier im Prinzregententheater von Ludwigshafen am Rhein zur Bühne aufschauen.

Jetzt endlich ist dir klar, dass alles nur ein Spiegelbild ist. Das Stück in p(f)älzer Mundart beginnt.

Die Vorstellung ist aus. Du aber stehst direkt vor dem Spiegel, und niemand außer dir ist noch hier.

Du schaust dich an. Dort steht ein großer Mann mit bärtigem Gesicht und einer mit hellbraun gemusterten Rahmen versehenen Brille auf der Nase.

Aha, so sehe ich also aus, denkst du dir zu. Bin anscheinend weder Gott noch Teufel, sondern einfach nur ein Mensch wie du und ich. Halt, ich bin es ja, na klar, wer sonst?

Lächle ich mich an?

Ich tue es und sehe den Anderen dort hinter dem Glas eine Träne weinen, die aus seinem rechten Auge rollt und die Wange hinunterfließt.

Ach, fällt dir ein, im Spiegelbild sind die Seiten vertauscht. Also rollt in Wahrheit die Träne aus seinem linken Auge. Du hebst deine rechte Hand und wischst dir die Träne von der Wange.

Seine Hände aber bleiben unten. Er schaut dich noch immer weinend an. Und der einen Träne folgen weitere, es werden immer mehr, aus einer wird ein Strom, der fließt hinab. Das Wasser aber sammelt sich auf dem Boden, fließt weder nach hinten noch nach den Seiten hin ab, sondern kommt dir entgegen, fließt hinüber in deine Welt und schwappt zurück und nimmt dich mit.

Niemand schaut hier noch in einen Spiegel. Das Theater ist vollkommen leer. Wäre aber noch jemand anderes hier und sähe jetzt in diesem Augenblick in den Spiegel, dann bekäme er seinen staunenden Mund nicht mehr zu. Im Spiegel laufen zwei Menschen Hand in Hand ins Unbekannte hinaus.

Initiation

Was ist es
das du siehst?

Dein Blick
zerspringt
zersprengt
die Spiegel

Staunend
trittst du ein

Du bist aufgenommen
in die Spiegelwelt

Katzen-Ich

Du näherst dich.

Bin ich das?

Du siehst dich gespiegelt in den Augen der Katze.

Das bin ich?

Du siehst dich, riechst dich, fühlst dich durch Augen, Nase, Hirn, durch Geist und Seele deiner Katze. Denn nun bist du in ihr.

Du siehst dich gespiegelt in den Augen des Menschen.

Das bin ich!

Nur dein menschlicher Körper sitzt noch dort oben auf dem Sofa.

Ein Klopfen

Irgendwann wird es an deiner Tür klopfen. Du wirst aus deinem Bett aufstehen, wie unter magischem Zwang zur Tür gehen und sie öffnen. Dort wirst du *ihn* vor dir sehen. Ja, so wird es sein.

Eine Prophezeiung? Wer sprach sie wann aus? Wie lange ist das her? Und wo geschah es, wenn es denn geschah? Und überhaupt, wer ist *er*?, der Mann vor meiner Tür?

Es klopft.

Wer da?, denke und spreche es nicht aus, sondern taumle völlig weggetreten zur Tür, öffne sie und traue meinen Augen nicht. Der Mann sieht aus wie ich. Da steht mein Spiegelbild vor mir.

Ich stehe hier vor mir, rasen Gedanken in mir. Starr vor Staunen bringe ich kein Wort über die Lippen.

Und auch der andere dort draußen, der ist wie ich schweigt, lächelt mich an. Nicht mehr, nur das.

Ich erwache aus der Starre und - lache.

Und ist es im Spiegel nur das Gesicht, das Bild, so erklingen hier seine / meine Stimme im Gleichklang. Zwei Körper, zwei Seelen im Einklang für diese wenigen Augenblicke, für alle »Ewigkeit« von jetzt bis irgendwann - für immer.

Ich lächle ihm zu.

Er lächelt zurück.

Noch immer schauen wir uns an.

Dann fallen wir uns weinend in die Arme.

Endlich ist meine Suche nach der Frau meiner Träume zu Ende. Jetzt habe ich sie gefunden, meine große Liebe, denken wir beide, jeder für sich und gemeinsam zusammen und weinen noch immer und lachen und lächeln uns zu.

Dann setzen wir uns nebeneinander auf die Couch und reden und reden und hören nicht auf zu reden. *So viel haben wir uns zu erzählen, denn bis heute lebten wir in zwei verschiedenen Welten, bis zu diesem einen Augenblick, der längst schon vergangen ist, waren wir getrennt. Das sind wir nun nie mehr.

Kraniche

Dann tauchte ich auf aus den Träumen der Nacht, stand auf, sah mich um, fand mich wieder am Ufer und wusste nicht, wie ich hierhergekommen war.

Unter dem ruhenden Spiegel des Sees sah ich die Kraniche tanzen ohne Laut. Und an den Grenzen von Wasser und Luft verneigten sie sich vor ihren Bildern.

Erstarrt, verwundert sahen sie diese flügelschlagend entschweben in die Schwärze dieses sternenklaren Himmels.

Laser

Division
Reflexion
Integration

Rubinroter Strahl aus Licht
für immer gefangen nun
in den Spiegelräumen
hier in mir

Leben und Tod

Einer lebt, und einer stirbt!, fiel ihm ein, während er Dostojewskis Dämonen zusah.

»Und du bist soeben geboren, mein Sohn! Also lebst du!«, spricht irgendwer.

»Und wer stirbt nun?«, fragst du dich im Spiegel, der jetzt in tausend Scherben zerbirst.

Leser bei Nacht

Da sitzt also einer in der U-Bahn und schaut vertieft, den Blick gesenkt in ein Buch.

Was er wohl liest und von wem?, frage ich mich, ihn aber nicht und versuche doch einen Blick auf das Frontcover zu werfen.

Das aber ist nicht weiß wie der Tag, der war und draußen noch immer ist - vielleicht, sondern schwarz wie die Nacht, durch die wir nun lautlos gleiten. Und dann ist da noch etwas Weißes, das sich durch Schwärze windet.

Wie ein Weg aus Licht, denke ich, oder die Scheinwerfer unseres Zuges durch tiefste Erdenhöhlen.

Dann gelingt es doch. Ich kann sogar lesen, was dort geschrieben steht. Denn jetzt hat er das Buch zugeklappt und wie seltsam doch, er hält es mir entgegen.

Rainar Nitzsche

Der Leuchtende Pfad des Magiers

lese ich da.

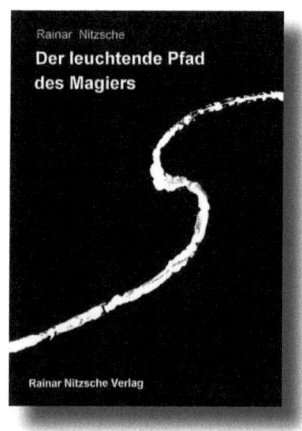

Jetzt senkt er seinen rechten Arm, und mit ihm verschwindet das Buch aus meinen Augen. Aus den Augen, aus dem Sinn.

Ich schaue ihn an und blicke in einen Spiegel. Ach wie bekannt mir sein Gesicht doch ist und dann auch wieder nicht. Denn ich sehe in die Zukunft.

Ich verstehe, lächle zurück und erwidere seine Worte. Sekunden nach seinen erklingen sie nun aus meinem Mund, sind Echo seiner Worten. Und so sprechen wir uns an:

»Hallo, Rainar!«
   »Hallo, Rainar!«

Wir lachen und fallen uns weinend in die Arme. So sehr lieben wir uns.

Liebe

Ich sehe mein Spiegelbild in deinen Augen.
»Komm!«, flüstert deine Stimme in mir.
Ich gehe auf dich zu. Noch denkt etwas in mir, noch denke ich: Wie kann das sein? Bin doch bei dir und halte dich in den Armen. Aber während ich dies denke, gehe ich weiter. Ich gehe und gehe, und vor mir in weiter Ferne wartet der Spiegel, den ich unfassbar schnell erreiche und mit einem letzten Schritt auch schon durchbreche.
ICH BIN IN DIR!
Aber dies ist kein sexueller Akt! Nicht ein Teil meines Körpers, nein, nicht mein Körper hat dich gefunden, es ist meine Seele, die in dir singt.
Wir umarmen uns, Seele und Seele, Geist und Geist, Selbst und Selbst.
Dann beginnen wir zu tanzen.
Und auch dort draußen halten sich unsere Körper noch immer umschlungen, du und ich, wir beide drehen uns im Kreis, bis die ganze Welt sich dreht und schwankt. Lachend fallen wir ins Bett.

Lotos und Bardo

Nacht, wie immer in dieser Welt, schwarz ist der Himmel bis auf die Volle Mondin, die dort oben still seit Ewigkeiten ruht.

Am Ufer des Teiches aber stehst du.

Noch siehst du empor und lauschst ihren Liedern, hörst sie in dir erklingen.

Dann senkst du dein Haupt und schaust den Spiegel der Mondin im ruhenden Wasser.

Eine einzige Blüte zittert dort unten: Lotos, die Reinheit, geboren aus Schlamm, aus dunkelsten Tiefen empor zum Licht gewachsen.

Licht?, spricht Verwunderung in dir: Wie können hier Blumen sein in dieser taglosen Welt?

Lotos öffnet sich dem Mondinlicht.

Du siehst es.

Stille.

Dann erklingt ein einziger leiser Ton. Es ist die Träne, die aus deinem rechten Auge rollt.

Der helle Klang schwillt an, lässt deinen schwarzen Körper zittern, schmelzen, immer kleiner, winzig werden. Flügel entfalten sich in deinem Rücken.

Was geschieht da nur mit mir?, fragst du dich sekundenkurz und hebst schon träumend ab von festen Ufern. Nichts hält dich jetzt mehr, nichts.

Du schwebst ihr entgegen, der Blüte der Nacht.

Still träumt der See noch immer, doch blütenlos. Nur Spiegel ist er, nur Oberfläche, nur Zwischenraum, Insel zwischen Luft und Wasserwelt, ein Schweben zwischen Leben und Tod und Wiedergeburt: Bardo.

Leise und rasend schnell zugleich ist dein nachtschwirrender Flug. Und so tauchst du auch ein in den Spiegel. Und du vergehst, wie auch alles andere vergangen ist.

Kein Wasser, kein Spiegel, kein Licht!

Nur Reinheit, nur Feuer - Amitabha (grenzenloses Licht).

Das Meer

Still ruht die See. Da ist kein Wellenkräuseln, nur spiegelnde Fläche aus Licht. Von Ranken sanft berührt treiben träumende Blätter in der Weite. Ja, dieses Spiegeln ist grenzenlos - ein Meer.

Und du fällst aus deinen Träumen in glitzerndes Nass, schlägst lautlos auf. Zeitlupensturz. Minutenlang stehen und fallen die Wassertropfen, rieselnde Regen, neben dir nieder.

Nun treibst du auf dem Rücken liegend mit zur Seite ausgebreiteten Armen dahin, den Blick emporgerichtet in weites, klares, helles Blau.

Dann irgendwann, Ewigkeiten könnten inzwischen vergangen, es mag auch nur einen Augenblick später sein, sinkst du ein in die Spiegel. Doch dein Atem ist Ruhe. Du versinkst in flammende Weite.

So also ende ich, denkst du. Du bist ohne Angst.

Stoße aus den Atem! Wundersames Gluckern am Rande der Nacht, das Entweichen der letzten Lungenluft. Jetzt spürst du kühl in dir Wasser deine Lungen fluten und ... Schwärze.

Steigt auf Erwachen. Zuerst der Ton und dann das Licht. Du atmest leise den gelösten Sauerstoff aus Wasser.

Ich lebe!

Glücklich schaust du dich um: Sand unten auf dem Grund, nicht weit entfernt von meinem Rücken. Korallen neben mir. Wer bin ich? Noch Mensch, schon Fisch oder was?

Dort aus flimmernder Weite gleiten Wasserpfeilen gleich und rufend neugierig deine Schwestern und Brüder im Geist heran. Sanft und zärtlich berühren ihre Münder deinen Körper. Sie sind gekommen, um dich zu empfangen. Es sind deine Geschwister unter den Wellen, Kinder der Meere, lange vor dir zurückgekehrt vom Land, doch nicht vollkommen, nicht so wie du. Nun aber sind sie hier bei dir, die die Menschen »Delfine« nennen.

Ihre Gedanken dringen in dich ein, ein Rauschen zunächst, dann ein Chor vieler Stimmen, polyphon.

Langsam und leise öffnen sich die schlafenden Zonen deines Geistes dem fragenden Strom.

Du antwortest.

Wir singen / sprechen / fühlen. Zweige eines gigantischen Stammbaumes haben sich wiedergefunden. Etwas zaghaft und zitternd noch tanzen wir in ein leuchtendes Morgen aus Licht, singen im brausenden Strom des ewigen Seins gemeinsam die Lebenslieder.

Meine Augen

Du näherst dein Gesicht dem Spiegelbild. Längst trägst du keine Brille mehr. Du hast sie abgesetzt und hältst sie in der Hand. Du schaust dir in die Augen.

Meine Augen - bläulich grau, ein Strahlenkranz von Gelb rings um die großen schwarzen Pupillen - wie wunderbar!

»Und was sie alles gesehen haben!«, sprichst du staunend nicht aus.

Du lächelst dir zu aus der Spiegelwelt und nickst. Dann drehst du dein Gesicht nach hinten weg.

Staunend stehst du draußen in der Küche vor dem Spiegel über der Spüle.

Staunend siehst du dich im Spiegel drehen und gehen und schrumpfen: Gesicht - Haar - Oberkörper von hinten - der ganze Mensch, läuft jetzt davon - kleiner und kleiner wird der Rainar.

»Wohin gehe ich nur?«, fragst du dich, leise flüsternd. »In eine / meine Spiegelwelt? Wie mag die sein? So ganz allein?«

Dann drehst du dich auch hier draußen um und gehst - wohin?

Meine Kinder

»Herr!«, lautet das eine Wort. All die Wesen schauen auf. Sie knien im Staub. Sie weinen.

»Herr!«, wispern, flüstern, sprechen, singen, klingen, tosen, donnern ihre Stimmen aus so vielen Mündern in so vielen Sprachen. Und alle sagen das eine Wort, das ist Herr, das ist GOTT, das ist Schöpfer, das ist JHWH, das ist ALLAH, das ist ...

Du aber schaust auf sie hinab.

Meine Kinder, denkst du. Und Tränen weinst du über ihre Liebe zu dir, die Liebe aller Wesen so vieler Welten. Denn du hast sie erschaffen. Denn du bist wahrhaft ihr Herr und Schöpfer, aber niemals JHWH, GOTT, ALLAH. Denn du bist ja nur ein Mensch, und doch ...

Diese Wesen aus deinen Träumen leben in dir, und nun auf Festplatte und Diskette gespeichert, ausgedruckt auf Papier, verbreitet, vertont, verfilmt, gelesen - vielfach wiedergeboren leben sie jetzt auch außerhalb in vielerlei Gestalt. Denn andere Menschen träumen sie anders, träumen sie weiter. Nicht wahr?, liebe(r) Leser(in), auch du?

Jetzt aber, da dein Körper zurückgekehrt ist in den Staub deiner Mutter Erde, sind deine Kinder allein, von dir verlassen, ohne ihren Herrn und Gott und Schöpfer, der ihnen auf ewig Vater und Mutter zugleich ist.

Jetzt verstehst du, wird dir vieles klar: So ist es also auch bei uns Menschen! Ja, wie unten so oben. Wie dort, so hier. Auch wir wurden erschaffen, verlassen und sind noch immer. So ist es!

Alles spiegelt sich in allem für alle Zeit.

Millionen und einer - einer unter Milliarden

Und wieder taucht das Bild auf: Du siehst dich selbst irgendwoanders. Dort hebst du deinen rechten Arm ein wenig nur zum Gruß und längst nicht so gerade und gestreckt in die Höhe wie all die Millionen.

Sie beten dich an und brüllen dir zu dein Heil und nennen deinen Namen. Sie folgen dir bis in den Tod und - sterben im Anblick der Finsternis.

Du aber hier siehst alles.

Du aber hast sie alle getötet.

So weinst du - niemals dort, nur hier.

So viel Macht!, denkst du - hier und dort.

Und so viel Irrtum und so viel Tod!, grinst dich an der ewige Feind im Spiegel, in den du gerade schaust, und nickt.

Er trägt dein Gesicht.

»Das da bin ich?!«, stotterst du noch. Dann fällst auch du - Ohnmacht!

Und niemand ist da, der dich weckt. Also wachst du nicht auf, sondern träumst gewaltige Träume von Menschenmassen, die brüllen und schreien und welchem Führer auch immer folgen und ihr Leben ihm geben. Märtyrer wollen sie alle sein, Kämpfer für ihren Gott, sind sicher, sie kommen ins Paradies und leben dort in Saus und Braus unter den hübschesten Frauen.

Die Erde erbebt. Welch ein Gelächter in den Höllen!

Mondin und Vampir

Du bist ohne Spiegelbild.

Also Geist, also untot, also Vampir?

Du trittst ein in die Spiegelwelt.

Etwas anderes, jemand - das bin doch nicht ich? - bricht zugleich aus ihr hervor.

Oje, ein gewisser Freddy Krüger, bekannt aus Horrorfilmen, die den Titel *Nightmare on Elm Street* tragen, der Typ mit Rasiermesserklingen an den Fingern!

Das ist das Eine: nur eine kleine Begebenheit an *einem* Ort zu *einer* Zeit.

Die Volle Mondin dort oben ist tausendfach gespiegelt in all diesen stillen Seen und Pfützen hier.

Jetzt fällt ein Stein von irgendwo, trifft auf. Wellen. Erzittert das Bild, erzittert die Welt.

Du schaust auf.

Die ferne Schwester dort oben, die einzige, seit es sie aus der Erde schlug, die echte und wahre Mondin erbebt und färbt sich rot. Strahlen aus Blut.

Diese Schmerzen im Herzen!

Stöhnend sinkst du nieder und greifst dir an die Brust.

Hinter dir öffnen sich die Spiegel. Freddy schleppt Menschen rein, schafft Seelen an.

Auch Sisyphos rollt irgendwo anders seinen Stein, immer wieder empor, denkst du, der du nun langsam wieder zu dir findest und dich erhebst.

Es ist Zeit. Du brichst auf, schreitest aufrecht über die Seen voran - hin zu diesem einen blutrotem Meer.

Nachtsee

Kein Wind, Schweigen. Eine schwarze Fläche, die spiegelt die Weite des Himmels bei Nacht. Sterne blinken im Wasser.

Still steht an seinen Ufern ein Wesen. Kein Baum, kein Strauch, nur es und der See.

Jetzt kniet es sich nieder ohne Laut, legt sich auf den Bauch und schaut über die ruhende Wasserfläche.

Wellen beginnen sich auszubreiten. Es - nein, es ist ein Mensch, ein Er -, er, der eingeschlafen war, ist jetzt erwacht, steht auf. »Vielleicht träume ich ja noch immer«, flüstert er und reibt sich den Schlaf aus den Augen.

In den Wellen am Ufer funkeln die Sterne, tausendfach fließen die Wasserlinien zusammen. Ein stiller, wilder Kosmos!

Der alte Mann kniet sich staunend nieder und lauscht.

»Ich kann hören!«, ruft es in ihm. Denn die Wellen sind Töne in seinen Ohren, seinem Hirn, seinem Geist, seiner Seele, sind Klang in ihm, wie auch er Klang ist in einer singenden belebten Welt.

Nairra

Dein Bild schaut dich an und flüstert.
Gebannt bist du.
»Rainar«, flüstert dein Double dort im Kristall und hinter den Spiegeln.
»Rainar«, flüsterst du hier draußen. Du kannst deinen Blick nicht von ihm lassen.
Magisch ziehen wir uns an. Schon berühren sich unsere Hände. »Ich und ich gesellt sich gern«, spricht es in uns. Und Lippen suchen, und Lippen finden Lippen. Und du schließt deine Augen. Gedanken: Ich küsse mich? Ich küsse einen Mann? So einer bin ich also!? Nun gut, was solls!
Seine Zunge aber dringt ein in deinen Mund.
Brüste spürst du an deiner Brust. Dann ...
Du öffnest die Augen wieder und löst dich von sei... ihrem Kopf. Du schaust dich an im Spiegel und siehst dich nicht und siehst dich doch. »Nairra!«, ruft es in dir, dein Herz rast vor Glück.
»Ich bin du!«, singt ihre Stimme. Sie lächelt, Glanz in ihren braunen Augen, schwarzes Haar - das ist Asien, ferner Osten einst, als die Entfernungen noch gewaltig waren.
Du schaust dich an im Spiegel und lächelst dir zu, eben noch Frau und nun ein dunkelblonder Mann mit blaugrauen Augen: »Hallo, Rainar, meine Liebe!«

Parkett

Ein leuchtendes Parkett vor dir. Staunend stehst du da, siehst nur noch Licht. Dann gehst du darauf zu.

Jetzt hast du es erreicht.

Jetzt bist du aus dem Schatten heraus ins Licht getreten.

Jetzt betrittst du es, das seltsamerweise noch immer leuchtet. Also ist es nicht die Perspektive, die das Leuchten in deinen Augen, in dir beendet, also ist alles anders als sonst.

Jetzt stolperst du, gleitest aus über nichts, fällst nach vorne in endlos scheinendem Fall, um schließlich im Leuchten dieser spiegelglatten Fläche dahinzugleiten.

Und du, liebe(r) Leser(in), weißt nun, wo du mich finden wirst, wenn du mich denn suchst. Überall dort lebe ich, wo Oberflächen in Räumen glänzen und schimmern und leuchten, nur dort und nirgends sonst. Denn das ist nun meine Welt, heute und morgen und übermorgen, solange wie es Sterne gibt in diesem Universum.

Polypen

»Denn ... es ist für einen Polypen nichts, aufgespießt zu sein.« So lautete das Zitat in einem Buch, von einem gewissen Herrn Wendt verfasst, mit dem nicht ganz korrekten, aber sehr verführerischen Titel: Das Liebesleben der Tierwelt.

Und jetzt hören wir die gleichen Worte noch einmal aus dem Munde unseres Serienkillers Hans, aber weniger euphorisch, mehr fragend und nachdenklich, dann lachend beim Blick in seine starren Augen: »Denn ... es ist für einen Polypen nichts, aufgespießt zu sein.«

Schau! Ja, schau genau hin! Da! Jetzt hält er ja den Bullen, Cop, Flic, den buschmessergespickten Polypen vor sich wie eine Puppe und ... »Schau mir in die Augen, Kleiner!«, säuselt er, so verdammt verliebt in sein Werk. Dann ein Kichern: »Glasaugen! Hahaha, ein Polyp mit gläsernen Augen.« Denn dessen Augen sind längst erstarrt. Und doch spiegelt sich in ihnen das Licht der Vollen Mondin, der nichts auf dieser Welt verborgen bleibt.

Schrei und Gestalt

Irgendwo in einer Stadt geschah es. Irgendwann blieb er stehen.

Wer?

Er!

Also ich!

Also auch du!

Vielleicht oder auch nicht. Doch schauen wir, was sich weiter tat.

Irgendetwas schrie er da hinaus und hinein in die Abenddämmerung.

Niemand verstand die Worte, niemand hielt inne in rasender Fahrt, im hektischen Lauf zur Kneipe, zur Altstadt, ins Eiscafé. Vielleicht verstand auch niemand seine Sprache, seine Worte, ihren Sinn. Wer weiß? Keiner weiß es, niemand wird es jemals erfahren.

Dann rauschten die Echos heran. Von allen Seiten, von überallher.

Er riss die Arme empor, hielt sich die Ohren mit beiden Händen zu.

Doch, was half es?

Nichts!

In ihm dröhnte der Schrei seiner Worte, und das Echo durchdrang seine Seele - und auch das Echo des Echos und das Echo des Echos des Echos jedes seiner Worte, die niemand verstand außer ihm - vielleicht.

Welch gewaltiger Kanon!, dachte er und beruhigte sich wieder. Welch gigantischer Chor! Und er begann sich zu erinnern.

Ein Mädchen von vier Jahren schaute ihn verwundert aus braunen Mandelaugen an. Taub, wie sie war, hörte sie ihn nicht rufen. Doch sie sah seinen Mund sich bewegen, sah ihn seine Hände an die Ohren legen, sah ihn an der Ecke einer Seitenstraße stehen, in der sie seit Jahren spielt, in der sie lebt seit Anbeginn.

Und jetzt - verwundert rieb sie sich die Augen - jetzt sah sie ihn sich verwandeln, sah ihn mehrfach, seinen Körper verschwimmen und kleiner und immer kleiner werden, zusammenschrumpfen: endlos gespiegelte Echos seines Körpers. Und so wie seine Stimme verklang, die irgendwo in der Nähe ein kleiner blinder Junge hörte, so sah das taube Mädchen seine ins Unendliche geteilte Gestalt langsam verblassen.

Danach hörte und sah ihn niemand mehr in dieser Stadt. Es fiel auch keinem weiter auf. Denn das Leben ging weiter - für all die anderen Menschen und Tiere und Pflanzen und ...

Sehen und Hören

Ich sehe dich.

Du hörst mich.

Ich schaue dich an und versinke in deinen Augen.

Du lauschst meinem Herzen, das immer schneller schlägt.

So erinnere ich mich an ein Hörspiel mit Namen *Ohrenlicht*, immer wieder Widerhall, ein Satz nur: »Ich habe dein Hören gehört und ...« Dann bricht alles ab. Dann hören die Worte auf. Dann sind zwei Wesen, ein Mensch und sein Geschöpf, das kein Mensch und kein Tier ist, eins.

Ich weile still in deinen Gedanken.

Längst ist das Spiegelbild meines Gesichts in deinen Augen verloren gegangen.

Längst hörst du nicht mehr mein Herz schlagen.

Längst haben sich unsere Hände und Lippen gefunden.

Längst sind unsere Körper verschmolzen zu einem neuen Wesen. Wiedergeboren ist das Eine, das einstmals alles war - vor der Trennung in Geschlechter und Arten und Sitten und ... So höre ich dein Hören, so sehe ich dein Sehen und rieche dein Riechen und fühle dein Fühlen. So hörst du mein Hören, so siehst du mein Sehen und riechst mein Riechen und fühlst mein Fühlen.

Dies alles nur für kurze Zeit, solange es noch »ich« und »du« gibt. Denn schon sind Spinnenfrau und Menschenmann vereint, sind Maschine und Mensch eins, sind Körper und Seele nicht mehr getrennt, ist niemand mehr da, der Worte ...

Selbstbildnis psychedelisch

Wir schauen in Spiegel und sehen uns in einer Pfütze, im stillen See, gespiegelt durch Glas oder im Parkett. Also sehen wir uns niemals wirklich vollständig und richtig herum, auch nicht auf Fotos oder im Film.

Wir: Das sind Menschen und Monster, das bist du, Narziss, das ist dein Zwillingsbruder, doch niemals ist es der Vampir.

Und doch sind da noch andere Wesen, die wir aus Literatur und Film zu kennen glauben: Drachen, Engel und Dämonen, Sisyphos, das Frankensteinmonster und ein gewisser Freddy Krüger.

Und dann sind da immer wieder Liebe und Trauer, Geburt und Tod und Wiedergeburt in einem stillen See und Mondschein in einer warmen Sommernacht - vielleicht.

Sie und ich

Und sie
entzündeten
das Licht

»Sie? Wer?«,
fragte ich
und sah mich
im Spiegel
Lichter entflammend
leuchten

So vergänglich

Wie vergänglich ich doch bin! Werde älter, krank und kränker und dann irgendwann werde ich mich niederlegen und nie mehr mich erheben, weil ich gestorben bin.

Wie vergänglich doch mein Spiegelbild ist! Was aus ihm wohl wird, wenn ich zur Seite trete? Ist es dann fort, auch gegangen so wie ich? Wenn ja, wohin?

Spiegel im Spiegel im ...

Abbild meines Gesichts dort vor mir im Spiegel. Schaut mich an, so
 ich nicht bin.

Bild meines Gesichts im zweiten Spiegel, den ich vor mich halte, unterhalb von Brille und Nase.

Ja, jetzt sehe ich die immer kleiner und dunkler werdenden Spiegelbilder meines Selbst. Bild vom Bild vom Bild von meinem Gesicht, dem kleinen Spiegel in meinen Händen und meinen Fingern. Wer kennt sie nicht, diese Art von Unendlichkeit!?

Jetzt aber geschieht das Seltsame: Jedes meiner Gesichter tut etwas anderes: Eins lächelt, ein anderes lacht, eins weint, ein anderes schreit, eins redet ohne Unterlass. Und auch die Finger, die Hände. Alle handeln anders.

Eigenartig. Der Hintergrund, ein kleines Zimmer unter dem Dach, ist nur im ersten Spiegelbild zu sehen.

Ansonsten sind dort Wald und Steppe, Sand und Meer und sternenbedeckter Raum.

Irgendwo müsste auch ein junger Mann auf einer Parkbank unter Platanen sitzen und ewig träumend in die Volle Mondin schauen, irgendwo, denn sie hat ihn gerufen und lässt ihn nie mehr los. Doch das geschah, geschieht an einem anderen Ort zu einer anderen Zeit. Wir können davon lesen - in einem anderen Buch.

Spiegelblick

Ich sah mein Spiegelbild vor mir.

Ich sah meine Augen mich still betrachten, blau und weiß und schwarz pulsieren die Pupillen.

Dann betrat ich die inneren Räume aus Licht.

Ich sehe dort draußen ein Gesicht, das sendet mir zu mein Lächeln.

Spiegelklang und Spiegelstille

Eines Tages, eines Nachts.

Auf dem Weg zur Toilette ging er an seinem großen Wandspiegel vorbei, als es geschah.

»Wer bist du?«, flüsterte eine Stimme hinter ihm.

Verwundert drehte er sich um und sah - sein Spiegelbild. Das sagte kein Wort, wie sollte es auch!, sondern zeigte stumm zunächst mit dem Zeigefinger auf ihn, dann mit beiden Händen in Kreisbewegungen auf die Welt jenseits des Spiegelglases und schließlich nacheinander auf die vier Seiten des Spiegelrahmens.

Er brachte kein Wort heraus und auch keinen Ton. Starr stand er still.

Erwacht berührte er wie in Trance das Glas mit seiner rechten Hand. Sanft vibrierte es unter seinen Fingerspitzen. Nichts geschah sonst, noch nicht! Also legte er sein rechtes Ohr an den Spiegel und vernahm nun doch Laute, verstand die gar nicht so seltsamen Worte: »Schau dich an! Schau dich an im Spiegel und lausche!«

Er tat es. Und langsam begann er sich zu sehen, zu hören, zu riechen und zu fühlen. Staunend sang seine Seele hier und dort in ihm: DAS BIN ICH! DAS SIND WIR! DAS IST ...

Dann Leere - Stille - nichts mehr.

Spiegellicht

Da hörst du ein Flattern und ein feines Sirren wie von Flügeln.

Du öffnest deine Augen. Und es ist Nacht. Du schaust empor.

Dort leuchten die Sterne in solcher Zahl und Helligkeit, wie du sie niemals zuvor sahst.

Du senkst deinen Blick und siehst auf die spiegelnde Fläche aus ruhendem Wasser hinab.

Stiller See, an dessen Ufern du sitzt seit …

Dort leuchtet sie, diese gigantische Scheibe aus weiß-blauem Licht.

Schwester!, denkst du und erinnerst du dich an das Mondintor?, denn sie ist die Pforte des Himmels, die sich zur rechten Zeit öffnet, sich öffnen lässt, doch nur mit dem einen magischen Wort. Du aber …

»Träume nicht!«, ruft eine Stimme dir zu.

Du zuckst zusammen und blickst auf und … Da ist nur Schwärze! Keine Sterne, keine Mondin!

Und wieder sinkt dein Blick hinab in den See. Dann wieder hinauf und wieder hinab. Denn dort unten leuchtet sie noch immer. Schwärme schwarzer Libellen schwirren aus dem Nichts heran, stürzen sich in ihr magisches Licht. Und doch ist da kein Laut, kein Platschen, nicht einmal ein Plätschern! Keine Wellen und doch Libellen, die lautlos hinab in endlose Weiten schweben.

Dann ist das ja gar kein Wasser!, rasen Gedanken in dir.

Jetzt ist außerhalb des Tunnels, der sich aus ihrem Leuchten bildet, überall nur noch Schwärze und …

Du schwebst sitzend im Lotos, ein Licht im Zentrum deiner Stirn, das brennt so blau in deinem glühend roten Körper. Dann gleitest auch du lautlos hinab, in den Tunnel aus Mondinlicht hinein - hindurch, um irgendwo irgendwann wieder aufzutauchen?

Spiegelliebe

Dein Bild schaut dich an und flüstert.

Gebannt bist du.

»Rainar!«, ruft dich dein Double dort im Kristall hinter den Spiegeln.

»Nairra!«, antwortest du.

Dann irgendwann geschieht es, was einfach geschehen muss: Dann berühren sich unsere Hände. So ziehen sich Gegensätze an. Und unsere Lippen küssen sich, mich und dich.

Ich ... ich ... WIR! Wir fließen ineinander. »Wo sind wir?« »Wo sind wir?«, fragen wir beide zugleich.

In einer dritten Welt, die weder Erde außerhalb noch innerhalb der Spiegel ist?

»Wo sind wir?«, fragen wir und drehen uns eine kleine Ewigkeit im Kreis.

Überall ist weißes Licht.

Dann sind da nur noch Schwärze und leuchtende Sterne.

Jetzt ist Leere überall. (Kein Fragen mehr.)

Spiegellos

Du stehst auf aus dem Staub. Du richtest dich auf. Und die Skorpione fallen ab von deinem Gesicht. Kein Stich, kein Schmerz - kein Wandel?

Doch! Rot strahlt jetzt die Volle Mondin dort über dir. Gigantisch groß, so wie es einst war vor langer Zeit. Und damals ist jetzt?

Aus dem Wüstensand bist du auferstanden. Auch er ist so rot wie Blut, wie der Ocker einst auf deinem Gebein.

Und du siehst die Nacht, wie nie ein Mensch zuvor sie sah. Denn nun ist sie das, was einst der Tag für dich war: Leben.

Du betastest dein Gesicht, denn spiegellos ist die Wüste bei Nacht.

Du nimmst eine Hand voll Sand, so weich, so kühl, so wunderbar!

Feinste Laute kannst du nun vernehmen, du hörst so gut wie nie zuvor. Dort huschen, trippeln, hopsen, schlängeln und laufen sie alle, die anderen, die sind wie du. Kreaturen der Nacht, wir alle sind nun erwacht. Die Wüste lebt und wir in ihr.

Spiegelnder See

Du stehst am Ufer eines Sees und siehst dich in ihm gespiegelt.

So weit, so gut. Das kennen wir ja.

Nein, dein Name ist nicht Narkissos. Du bist nicht der Sohn eines Gottes und einer Nymphe. Du weist nicht die Liebe der anderen Nymphe zurück. Niemals nie! Also liebst du auch nicht dein Spiegelbild. Auch stehst du ja nicht vor einer Quelle. Niemals wirst du dich in eine Blume verwandeln, die den Namen Narzisse trägt. Denn du bist ein Mensch, ein Menschenmann. Nicht weniger, nicht mehr. So ist es!

Du stehst am Ufer eines Sees und siehst dich in ihm gespiegelt. Nacht und Sternenmeer. Kein Windhauch weit und breit. Und auch die Frösche singen nicht mehr die Volle Mondin an. Stille.

Du siehst dich dort oben stehen und winkst dir zu, winkst dich heran zu dir.

Du, der du noch immer hinunterschaust, fühlst Schwindel dich ergreifen - du fällst.

Jetzt sind dort Wellen, doch niemals Libellen. Sie breiten sich aus, schlagen an Ufer und gleiten zurück, finden sich und formen Muster, die niemand jemals sah, noch sehen wird.

Und wohin bist du entschwunden?

Nur diesen Zeilen hier oder auch der Welt?

Spiegelsaal

Noch dunkel.
Schritt vor
Noch rührt sich nichts dort draußen.
Schritt vor
Noch Ruhe in dir.
Schritt vor
Noch lacht nicht Licht.
Schritt vor
»Hell!« schreit ICH.
Und Lichter brechen durch Spiegelwald.
Tausend Stimmen hallen wider.
So bekannt der Ton.

WIR blicken uns entgegen und gehen weiter durch den Saal, wo wir uns niemals treffen werden.

Spiegelt dein Herz sich in der Seele

Du schaust am Abend in den Spiegel.

Oder spiegeln sich da Bilder aus einem Film in dir, den du einst sahst?

Nein, du schaust wirklich hinein.

Wo bin ich?, fragst du dich verwundert. Denn *das* dort im Spiegelglas sind nicht deine Augen, die dich still betrachten. Wie sollte das auch sein? Da ist überhaupt kein Gesicht, kein Oberkörper, kein Mensch. Niemand schaut dich aus dem Spiegel an.

Sehr seltsam!, denkst du, wirklich sehr seltsam! Jeder Mensch hat ein Spiegelbild, es sei denn, er wäre tot, Geist oder Vampir. Das weiß doch jedes Kind. Und ich hab meins verloren?

Das ist das eine, das andere jedoch ist, dass da jemand in dir flüstert: »Wer suchet, der findet. Nicht hier vorne, sondern weiter, dort in der Ferne wirst du dir wiederbegegnen.«

Immerhin ein Trost, doch wo in all dem Wirrwarr, dem Labyrinth, das jetzt im Spiegel erscheint, soll ich sein?

Denn da sind Gänge, die sich vor deinen Augen verzweigen, und Türen über Türen und Zimmer hinter den Türen, die du nicht siehst. Groß muss das Haus sein, durch das du dich jetzt bewegst.

Und weiter und weiter, immer weiter gehst du. Und doch hast du dein Spiegelbild noch nicht gefunden. Und das ist kein Wunder, denn die Gänge sind menschenleer, außer dir ist niemand hier.

Dann irgendwann ändert sich etwas grundlegend, es ist, als sähest du hier draußen vor dem Spiegel durch eine Kamera, die nun zurückfährt, auf Weitwinkel geht: grüne Kittel und grelles Licht, Schläuche und Maschinen. Das erinnert dich daran, dass du selbst einmal, nun ja, mehrere Male unter das Messer kamst. Doch solche Dinge, wie sie hier im Raum stehen, und die Menschen an den Maschinen und neben dir hast du damals nicht gesehen, abgesehen von dem Arzt zuvor, der dich operieren sollte. Denn damals warst du betäubt, standest unter Narkose. Erst viele Jahre später konntest du im Fernsehen den Ablauf solch einer Herzklappenoperation mitverfolgen.

Was tun die da mit wem?, willst du fragen und sagst doch kein Wort, bist stumm wie der, der dort im Spiegel weit unter dir liegt und künstlich beatmet wird.

Du näherst dich ihm immer mehr. Jetzt schaust du von oben auf sein Gesicht und - erkennst ihn: »Das bin ja ich! Hier also habe ich mich in der Spiegelwelt versteckt!«

So hast du dich nun endlich doch im Bild unter all den Kabeln und Klammern, Geräten und Menschen ringsum wiedergefunden.

Du siehst ihnen zu. Du begreifst, was die Ärzte dort tun: Die haben meine Brust geöffnet. Und mein Herz steht still! Und doch bin ich nicht tot. Was für ein Wunder! Vielleicht aber sind es doch nur die Maschinen an den in meinen Körper führenden Schläuchen, die mich am Leben erhalten. Ja, so mag es sein.

Eigentlich ist das alles doch sehr seltsam! Du sammelst dich, fasst die Fakten zusammen: Hier stehe ich nun still vor meinem Spiegel in meinem Zimmer und sehe mich nicht darin, sondern finde mich in einen Operationsraum, in dem ich am Herzen operiert werde. Doch das ist hier in meiner Welt so lange her, was dort in der Spiegelwelt in diesem Augenblick geschieht. Ja, das habe ich erlebt, es geschah vor zwanzig Jahren. Also blicke ich in Vergangenheit, diesmal jedoch von außen, denn der andere, mein Spiegelbild liegt auf dem Operationstisch, spürt keinen Schmerz und träumt vermutlich - nichts.

Wieso, weshalb aber geschieht das alles, passiert das alles ausgerechnet mir?

Ist mein Spiegel etwa gar kein Spiegel?

Nun, das war er immer, bis heute, bis jetzt.

Also hat er sich in so etwas wie eine Zeitmaschine verwandelt, die nicht meinen Körper, sondern meine Wahrnehmung in die Vergangenheit bringt?

Mag auch sein, dass das Leben in der Spiegelwelt zeitversetzt zu unserem geschieht, dass es sich um einen Einblick in eine Parallelwelt handelt. Könnte doch sein!

Und dann fällt mir noch etwas Gravierendes ein: Stehe ich wirklich hier draußen, schaue in den Wandspiegel hinein und sehe all diese Dinge ganz real vor mir ablaufen? Oder aber laufen die Erinnerungen lediglich in meinem Kopf ab und ich bin hier und jetzt gänzlich weggetreten, liege in meinem Bett und träume das alles nur?

Wer weiß, wer weiß? Niemand ist da außer mir, der es überprüfen könnte. So ist das, wenn man alleine in seiner Wohnung lebt: kein Zeuge, keine Hilfe von der Freundin, der Frau, den Kindern, den Eltern, Großeltern oder einfach einem Freund. Und ich bin ja nicht der einzige Single in unserem Land und auf der Welt. Wie mag es all den anderen ergehen, vor Spiegeln und hinter aus Angst vor den Blicken der Nachbarn zugezogenen Rollläden, in all ihren einsamen Stunden?

Spiegeltränen

Schaust du dein Spiegelbild? Am Abend oder bei Nacht?

Sieht dich die andere Seite an? Die alte Frau?

Denn du bist jung, du bist ein Mann!

Deren Augen aber sind schwarz, und grün ist ihre Haut?

Also siehst du in die Spiegel und ...

Kein Bild!

Untot, Vampir?

Nein!

Oder ist es die andere Welt jenseits des Spiegels, die dich ruft, dich jetzt hinterrücks packt und mit einem gewaltigen Ruck von den Beinen reißt?

Nein!

Da ist es ja, das Bild von dir. Du siehst dich selbst: Nosce te ipsum! Erkenne dich selbst! Was sonst?!

Dann geschieht es aber doch: Eine Träne rollt deine rechte Wange hinab. Du spürst sie nicht, du kannst sie nicht entfernen mit deiner rechten Hand. Denn es war dein Spiegelbild, das diese Träne weinte - Blut - aus ihrem linken Auge, verschwindet nun.

Was auftaucht aus Nebeln, ist eine Frau, hübsch und jung.

Ach ja, ich vergaß zu erwähnen: *Du* bist es, der alt geworden ist: Dein Haar so licht und dunkel, das war einst blond, ist stellenweise auch schon weiß. Noch immer aber sind da deine blaugrauen Augen, jetzt aber hinter dicken Brillengläsern verborgen.

Sie aber hat volles schwarzes Haar und dunkle Mandelaugen. Sie ist dein Traum aus dem Fernen Osten Asiens, der dir zulächelt und dich ruft. Ihre Lippen fließen durchs Spiegelglas. Sie ist es, die dich küsst, so ihre Welt verlässt und dich in ihre Arme nimmt.

Jetzt aber bist du es, dessen Augen Tränen vergießen, dessen Seele lacht und tanzt vor Glück und immer wieder lautlos singt: du ... du ... du!!!

Spiegelwelt

Du stehst vor einem Spiegel.

Dein Spiegelbild schaut dich an.

Es sieht dich, wie dich andere sehen. Aber es sieht sich nie selbst.

Wie wir uns doch darin ähneln, denkst du.

Und schon ist da eine ganz irre Idee: Was wäre wohl, wenn es, wenn er da drin dir jetzt zuwinken würde?

»Meinst du mich?«, fragt dich dein Spiegelbild verwundert und winkt dir zu.

Jetzt brausen Lieder hervor, die du einst schufst. Und hinter dir im Spiegel siehst du andere Wesen Gestalt annehmen.

Ich ... ich ... ich!

Du weinst: So also wurde ich geboren?! Und hier bin ich mit vier, mit sechs, mit vierzehn, achtzehn, dreißig, fünfzig, achtzig Jahren. Vom Baby zum Greis. Sie alle bin ich?

Du bist *sie*.

Springst du hinein?

Nein!

Still schauen dich deine Spiegelweltaugen an.

Dann verschwimmen, schwinden alle Bilder.

Schläfst du?

Du beginnst zu träumen.

Wir alle träumen, vor und hinter den Spiegeln träumen wir unsere Träume im großen Traum der Erde.

Entrance in Trance, schrieb einer einst. Tritt ein und staune!

Träumend betrittst du die Spiegelwelten deiner Seele.

Spiegelzoom

Du stehst vor einem großen Spiegel. Ein heller Rahmen aus Holz, sonst fällt dir weiter nichts an ihm auf. Vom Scheitel bis fast zu den Knien siehst du dich darin.

Dann ist da eine Bewegung: *Zoom zurück!*

Seltsam, denkst du noch und schaust dich an, denn du siehst jetzt deine ganze Gestalt.

Nur ein optischer Effekt oder bin ich wirklich kleiner geworden?, fragst du dich einen Augenblick lang, da reißt dich auch schon etwas hinein.

Tausend Spiegel spiegeln sich in dir.

In mir?

Ewigkeiten geschieht nichts - scheinbar.

Du schaust dein Bild in dir.

Du wandelst dich: Alle Krankheit fällt ab.

Nackt ist dein Körper. Vollkommen scheint er dir nun zu sein.

Dein Denken erlischt.

WEISS.

Dann geschieht es doch: Einer der Spiegel zerbirst mit einem fast lautlosen Knacksen. Ein zweiter, ein dritter, weitere folgen. In immer kürzeren Abständen zerbrechen die Spiegel.

Gedanken rasen: Wie viel Zeit bleibt? Was wird sein, wenn alle Spiegel dahingegangen sind? Und wer überhaupt bin ich? Nur Spiegelbild? Nicht mehr?

Du schaust dich um, noch immer so vielfach, in hundertfacher Gestalt. Doch das Klirren von Glas ist nun schon zu ohrenbetäubendem Lärm angewachsen.

Mein GOTT, denkst du, ich zerbreche an mir!

Du öffnest deine Augen. Du siehst dein Spiegelbild, denn du stehst vor einem großen Spiegel. Ein heller Rahmen aus Holz, sonst fällt dir weiter nichts an ihm auf.

Spieglein, Spieglein an der Wand

»Spieglein, Spieglein an der Wand, wer ist die Schönste im ganzen Land?«

Und dann ist da dieser eine Spiegel, der anders ist als alle, die du jemals zuvor vor dir sahst. Er spiegelt dich klar. Er spiegelt dein Gesicht, wie es ist, doch auch, wie es sein wird und wie es war. Er spiegelt dir dein Morgen und dein Gestern wider. Silbern ist er und wandelt sich nun zu Gold.

»Spieglein, Spieglein an der Wand, wer ist die Schönste im ganzen Land?«, sprichst du und schaust deinen wunderschönen nackten und makellosen Körper. Doch schon wird er runzlig und alt.

»Nein!«, schreist du voller Entsetzen auf. »War meine Haut nicht immer so weich und straff mein Fleisch? So soll es immer sein, für alle Zeit!«

Ein anderes Bild erscheint im Spiegel, das du längst vergessen hast: so jung und frisch, ein Mädchen, noch nicht Frau! Da sind noch immer keine Brüste, keine Haare an der Scham. »Wann werde ich endlich erwachsen?«, fragt sich traurig die Frau, die noch keine Frau ist und doch. Sie kann es einfach nicht erwarten, denn die Großen dürfen einfach alles, was ihr verboten ist.

»Wann wird es geschehen?«, fragt schluchzend deine Stimme aus dem Spiegel dich dort draußen, der du alt, so alt geworden bist.

Einen Augenblick lang geschieht nichts. Dann packt es dich, den, der dem Schönheitswahn verfallen war. Tränen verlassen deine Augen und fließen deine Wangen hinab. Denn du hast es gesehen, fühlst es in dir. Du weinst, weil du verstanden hast, dass alles, was wurde, das alles, was ist, dahingehen muss, um dem Neuen Platz zu geben.

Tanzsaal

Du hast die verlassenen Räume gefunden. Langsam gehst du von Raum zu Raum, durch Kammern, durch Zimmer hindurch, denn sie werden immer größer. Jetzt hast du den Saal erreicht. Jetzt bist du angekommen, wo die anderen vor Kurzem noch lachten und tanzten. Hier bleibst du stehen und schaust dich in aller Ruhe um.

Du lauschst. Du hörst - keinen Laut. Alles ist still, menschenverlassen.

Du schaust zur Decke empor.

Keine Lampen dort oben und nirgendwo sonst.

Und wo sind die Fenster, offen, geschlossen, hinter Gardinen versteckt?

Da ist kein Stoff, hinter dem etwas verborgen sein könnte. Nirgendwo kannst du ein einziges Fenster entdecken, nichts als kahle Wände vor und neben dir, du drehst dich um: auch hinter dir. Keine Lampen, keine Leuchten, kein Tageslicht. Und wäre es draußen jetzt Nacht, so kann hier doch niemals das Licht der Vollen Mondin eindringen noch das schwache Leuchten der funkelnden Sterne. Kein Licht, also Schwärze!

Doch so ist es ja nicht. Du hast dich umgeschaut, also kannst du sehen. Was bisher selbstverständlich war, ist nun alles andere als klar. Doch wie auch immer, irgendwie muss von irgendwoher Licht in diesen träumenden Saal fallen, der leer ist bis auf dich und dieses Eine.

Du näherst dich dem verhüllten Gegenstand, der mitten im Raum steht. Jetzt stehst du davor, ein kleiner Mensch vor einem großen Ding. Jetzt berührst du es mit deiner rechten Hand, ziehst sie blitzschnell wieder zurück. Man weiß ja nie, ob da nicht was zuschnappt, gar beißt - und schon ist die Hand ab.

Nichts geschieht.

Mutiger geworden wischst du mit beiden Händen die zentimeterdicke Staubschicht ab.

Glas taucht auf.

Ist es Glas?

Staunend schaust du in den gewaltigen, aufrecht stehenden Spiegel.

Du schließt die Augen.

Du öffnest sie. Du findest dich wieder im silbernen Licht, in goldenen Strahlen. In tausend Farben schimmert dein Körper, der sich immer wieder wandelt. Jetzt winkt er gar. »Hallo!«, flüstert seine Stimme, die die deine ist, dir zu. »Hallo, komm rüber!«

Diesen Worten kannst du einfach nicht widerstehen. Du tust es, verlässt den großen düsteren Saal, der in einem verlassenen Haus noch immer, für immer? vor sich hinträumt, verlässt die Stadt, die nicht die deine ist, und das Land, den Kontinent, diese Erde, deine alte Welt. All dies tust du zugleich mit deinem ersten Schritt. So betrittst du die Spiegelwelt aus Licht.

Du schaust nicht zurück, nie mehr! Du gehst. Du gehst immer weiter deiner neuen Zukunft entgegen, die anders sein wird als alles, was hinter dir liegt.

Das Taschentuch

Keine Ahnung, wie das passieren konnte. Doch irgendwie ist es irgendwann doch geschehen. Irgendetwas steckt da unter meinem linken Augenlid. Ich ertaste es mit meinem linken Zeigefinger, versuche, das Lid hochzudrücken, um es mit dem anderen Zeigefinger rauszuziehen. Schaue jetzt doch lieber in den Spiegel und sehe ein kleines Stück eines Papiertaschentuchs. Das will auf die sanfte Tour einfach nicht raus, klebt fest. Also versuche ich es noch einmal und noch einmal und …

Keine Ahnung, wie, doch irgendwie habe ich es dann doch noch geschafft. Ich beuge mich vor, näher an das Spiegelglas, und entdecke ein paar rote Stellen innen im weißen Bereich neben der Pupille. Ja, das könnten geplatzte Äderchen sein. Ist nicht viel Blut, denke ich, wird schon wieder. Und ich erinnere mich an den Schock, die Panik, als ich vor einigen Jahren zum ersten Mal mein innen zur Nase hin blutunterlaufenes Auge im Spiegel erblickte, nachdem ich meine Haare mit zu heißem Wasser gewaschen hatte. Ging damals gleich morgens in der Frühe in die Notfallsprechstunde meines Augenarztes und - wurde beruhigt, als ich erfuhr, dass das von selbst weggeht, das Blut resorbiert wird, das Auge ansonsten in Ordnung ist. Das war, das geschah nicht nur einmal, sondern noch zwei- bis dreimal. Beruhigt ziehe ich jetzt meinen Kopf vom Spiegel zurück und setze meine Brille wieder auf.

Und jetzt, denkst du liebe(r) LeserIn, passiert das Fantastische, das Unheimliche, der blanke Horror, den noch nie zuvor ein Mensch erlebt hat. Ist doch meistens so bei den Geschichten von diesem Nitzsche.

»Na ja, mal sehn, vielleicht oder vielleicht auch nicht, wer weiß!«, murmelt der Autor so leise vor sich hin, hat dies und das wohl noch im Sinn.

Ich gehe beruhigt in mein Arbeitszimmer zurück und merke nicht, wie sich da oben doch etwas tut, denn da ist kein Schmerz. Das Bild von der Welt bleibt klar, keine Trübung wie beim Grauen Star, erst recht kein Bildausfall, nichts wird schwarz, alles wie gehabt. Unbemerkt färbt sich mein linkes Auge rot: der fast noch weiße Innenbereich, das Weiß außen und auch die Pupille in der Mitte. Blutige Tränen rinnen die Wange hinab, tropfen auf den Boden. Ich spüre die Flüssigkeit im Auge und auf der Haut. Ich schaue hinab und sehe das Blut. Mir wird heiß. »Scheiße!«, sollte ich schreien, tue es nicht, hab' ich mir längst abgewöhnt. Nur die Ruhe bewahren! Wird schon nicht so schlimm sein - oder etwa doch?

Ich drehe um und laufe doch nicht so langsam und gelassen geschwind zum Bad zurück, denn längst ist mir heiß geworden und Panik ausgebrochen. Ich schaue in den Spiegel.

Dort schaut mich mein Gesicht mit blutrotem rechten Auge an.

Dann geschieht es in der Spiegelwelt, also auch hier. Aus dem rechten dort, dem linken Auge hier bricht es hervor.

Jetzt schreie ich. Mit dem gesunden Auge - dass es das nur sein kann, daran verschwende ich in diesem Augenblick natürlich keinen einzigen Gedanken - sehe ich, was geschieht, und das geht rasch, da bleibt keine Zeit zu überlegen, sehe ich ein winziges Alien, rot wie mein Blut, rot vom Blut aus meinem Auge mit dem Kopf voran herausbricht. Es brüllt seinen Schrei »Geboren!«, breitet seine winzigen Flügel aus, die wachsen und wachsen, und dann ...

Wir kennen diese Art von Geburt ja aus Alienfilmen, nur dass diese fremden Wesen nicht nur größer sind, sondern auch aus dem Brustkasten hervorbrechen. Der Oberkörper muss es wohl sein, damit kein Zuschauer auf den Gedanken kommt, dass sie im Bauch heranwachsen und am einfachsten dort herausbrechen sollten, ganz abgesehen vom Urogenital- oder Analbereich, um das einmals medizinisch vornehm auszudrücken. Dann müssten die Filme ab 18 sein und wären wohl wegen dieser Passagen auch noch auf dem Index gelangt, oder sie wären einfach herausgeschnitten worden, wenn sie denn überhaupt gefilmt worden wären.

Der Schrei ist laut und schrill, so hoch, dass lange (Sekundenbruchteile), bevor es die Fensterscheiben erwischt, meine Trommelfelle platzen. Und auch dabei verliere ich ein wenig Blut. Bewusstlos breche ich zusammen. Nichts ist da mehr. Alles aus und vorbei, denke ich - nicht mehr.

Das Neugeborene aber, Es oder Er oder Sie von irgendwo, das irgendwie vielleicht als Ei in seinen Menschenwirt gelangt sein muss, fliegt kichernd hinaus in eine neue Welt.

Tasten und Sehen im Labyrinth

Wie schmal und seltsam zugleich diese mit Spiegeln versehenen Gänge doch sind! Und keiner von uns erinnert sich, wie und wann wir hier hineingeraten sind. So tasten wir uns also voran, Arme und Hände und Finger ausgestreckt, um den Unterschied zwischen Wand und Illusion zu erfühlen. Und da ist einfach kein Ende! Ewigkeiten scheinen vergangen zu sein, seit wir dieses Labyrinth betraten. Es endet einfach nicht!

Irgendwann aber halten wir an, erschöpft, durstig in dieser Hitze - der Sonn brennt von oben auf uns alle herab, die wir wegen der Enge der Gänge in einer langen Reihe hintereinander stehen.

Du aber dort irgendwo in der Mitte flüsterst den anderen vor dir und hinter dir immer wieder zu und wirst dabei immer lauter: »Ich tu's. *Ich tue es!* ICH TUE ES!!!«

Die anderen weit vorne und ganz hinten hören es nicht einmal. Und täten sie es, so verstanden sie ohnehin nicht, was du meinst.

Also steigst du auf und schaust von oben hinab, immer höher und höher. Kleiner werden die Menschen, und auch die zum Himmel hin offenen Gänge erkennst du schon lange nicht mehr. Doch noch immer ist kein Ende dieses Labyrinths dort unter dir abzusehen, noch immer kein Ende. Schließlich endet dein Blick am Ende des Horizonts. Jetzt weißt du, dass dieses Labyrinth, in dem wir alle stecken, endlos ist. Es bedeckt die ganze Oberfläche des Planeten. Und wir alle stecken mitten drin und gehen und gehen und laufen und laufen, rennen können wir schon lange nicht mehr, wir alle suchen den Ausgang und finden ihn nicht. Du lässt dich wieder fallen, sinkst hinab, kehrst zurück in deinen noch immer vor Erschöpfung dort unten ruhenden Körper.

»Ich war oben«, sagst du den anderen in deiner Nähe. »Ich habe es gesehen!«

Sie lachen nur: »Jaja, diese Halluzinationen! Der träumt wohl von Oasen mit rauschenden Wasserfällen?«

Eine Frau neben dir fragt doch: »Und was hast du gesehen, Bruder?«

Du erzählst es ihr.

»Kein Ende?«, weint sie nun leise vor sich hin. »Kein Ziel! Nichts erwartet uns, nur der Tod?«

»Was, kein Ende? Kommen wir hier niemals raus?«, brüllen jetzt auch die anderen neben ihr, neben dir, die doch was mitbekamen, langsam begreifen und plötzlich aus ihrem Trott aufgewacht sind.

Jetzt weinst auch du. Und weinend krächzt du mit heiserer Stimme: »So ist es! Kein Ende und kein Anfang! Niemals kommen wir hier wieder raus! Waren wir denn jemals anderswo? Oder erinnert ihr euch, wie es begann? Wann brachen wir auf und wo, wie, weshalb, warum?«

Sie alle denken nach und schweigen.

Und wie ein Lauffeuer verbreitet sich diese wahrhaft schlechte Nachricht nach vorne und nach hinten. Und es entsteht ein großes Drängeln. Denn einige wollen es einfach wissen, nach vorne, immer weiter vorwärts, denn sie haben einen eisernen Willen, sie geben niemals auf. Andere wollen weitermachen wie bisher, sie glauben dir nicht. Die Drängler schaffen es sogar, an den Verzweifelnden, Verzweifelten vorbeizukommen. Sie schaffen es bis zu uns und laufen weiter, sind längst unseren Blicken entschwunden. Mag sein, dass sie bis zur Spitze gelangen, wenn es denn eine gibt, an den Angang unserer langen Menschenkette, deren wirkliche Länge kein Mensch kennt, denn auch ich konnte sie von oben nicht erblicken. Für uns aber verschwinden sie dort vorne hinter all den anderen. Wir werden sie niemals wiedersehen.

Jetzt endlich gehen wir nicht mehr weiter. Wir setzen uns nieder, und unser Durst wächst mit den dahinkriechenden Stunden. Und der Sonn über unseren austrocknenden Köpfen geht nicht unter - tat er es denn jemals? Nie! Ewig brennt er auf uns herab. Und kein Regen fällt. Da ist kein Wasser - nirgendwo. Wir werden immer schwächer. Wir heben unsere Köpfe und die gefalteten Hände empor und beten. Wir warten auf ein Zeichen aus dem Himmel ...

So endet diese Geschichte schon wieder, ehe sie richtig begann. Doch endet sie wirklich? Nur für die Zurückgebliebenen? Oder für alle? Auch für die Mutigen, die da vorne verschwanden. Was wurde denn aus ihnen?

Sicher ist: Da liegen nun viele Gläubige, alle tot, verdurstet auf dem Boden. Einige lächeln, andere haben ihr Entsetzen in starren Gesichtern bewahrt.

Und du, der du von weiter draußen dies alles vor dir siehst, und du, der du dir dies alles vielleicht nur erträumtest, du weißt mehr als sie. Denn natürlich gab es auch ein Ende ihres Labyrinths. Das zog sich nicht endlos über ihre ganze Welt. Alles nur Trug, alles nur Lüge, alles nur Spiegel, Vorspiegelung falscher Tatsachen, auch Spiegelung für den Geist dessen, der da aufgestiegen war und von oben herunterzusehen glaubte. Natürlich hatte das Labyrinth ein Ende. Sie aber glaubten eine andere Wahrheit. Sie glaubten seinen / ihren Augen, die ihnen dort unten nichts nützten. Sie glaubten an den sehenden Geist, den einer von ihnen besaß. So starben sie alle kurz vor der Tür, dem Tor nach draußen, in ihrem Gang, einem von vielen Gängen, vor einer Tür von vielen, die sie in eine andere Zukunft geführt hätte.

»Dann kamen ja wenigstens die anderen, die weitergingen, heraus?«, fragst du mich nun.

»Ja, die anderen«, antworte ich dir, »kamen heraus. Erinnerst du dich nicht? Bist du nicht auch einer von ihnen gewesen und bist es noch immer? Auch ich bin hier. Die anderen sind wir! Erinnere dich. Wir haben es geschafft!

Aber ich frage mich vielmehr, was mit den Sterbenden geschah. Was nahmen sie als Letztes wahr? Wohin gingen ihre Seelen, wenn denn da Seelen sind?

Und dieses Labyrinth, ist es nicht unser aller Gefängnis hier unten mit Namen Erde, Land, Stadt, Dorf, Haus, Wohnung, Zimmer, Familie, Beruf …?

Haben wir jemals tatsächlich das Labyrinth verlassen, sind wir wirklich herausgekommen oder noch immer in unserem Leben hier unten gefangen?«

Tausend Spiegel

»Was siehst du?«, fragten die tausend Spiegel in seinen Augen, die er nicht sah, nicht sehen konnte, niemals sehen sollte. Zwei spiegelnde Kunstlinsen trug er seit den beiden Kataraktoperationen vor einigen Monaten über seinen sich verflüssigenden Glaskörpern, die bei jeder kleinen Kopfbewegung trübe Schleier über das Bild laufen ließen. Zwei Augen, zwei Linsen, das versteht sich von selbst. Zwei im Gegenlicht ein wenig spiegelnde Linsen, die bei Lampenlicht in der Nacht goldene Ränder erzeugen, sind nun einmal weder zwei echte Spiegel, noch gar zehn oder hundert und schon gar nicht tausend.

Und die Bilder von Pflanzen und Tieren und Menschen in fantastischen nie zuvor gesehenen außerirdischen Landschaften wie die, welche er bisweilen vor dem Einschlafen mit geschlossenen Augen staunend durchschritt, wanderten nun von Spiegel zu Spiegel, tanzten in gewaltigen Räumen, tanzten alle im Kreis, endlos im Kreis um ihn herum.

Alles drehte sich in ihm. Ihm wurde schwarz vor Augen, und er taumelte und stürzte und fiel den endlosen Fall in die Tiefe. Er fiel und fiel und fiel und - nichts weiter geschah.

Irgendwann aber tauchte er auf aus der Schwärze. Erst kam der Ton: ein Rauschen, nichts als Rauschen. Dann kam das Bild, sollte es kommen wie immer, wenn ein Mensch aus der Bewusstlosigkeit erwacht. Doch da war weder Licht noch war da ein Schatten und nirgendwo Farben - kein Bild. Und doch begann sein Gehirn wieder zu arbeiten. Gedanken rasten hin und her und auf und ab und ringsherum: »Was, was,

was ist das, was mit mir passiert? Wie konnte all das geschehen? Weshalb? Warum mir? Ich will das nicht! Aus! Vorbei! Ende! Aufwachen!«

Weiter geschah nichts. Alles blieb, wie es war. Noch immer fiel sein Körper und fiel und fiel und fiel und hörte nicht auf zu fallen. Obwohl er nichts sah, spürte er das Fallen, und auch wenn da nur Rauschen war, war ihm jetzt alles klar: Meine Augen werden sich niemals wieder öffnen, sind gegangen, vergangen, Vergangenheit. In der Schwärze ist Sehen ohne Sinn. Und nichts ist zu hören im luftleeren All, außer vielleicht tief in uns ein leises Rauschen von Geburt und Leben und Tod der Sterne und Welten und der Strahlung im Hintergrund.

Tränen

Ein sprechender Spiegel aus dem sterbenden Wasser der Erde. Frühlingsgrün. Licht so hell von Vater Sonn.

Und dann ist da noch ein Gesicht mit traurigen Augen. Es schaut dich aus dem stillen, lichterstrahlten, grünen Wasserspiegel an.

Und als du es siehst, weinen deine Augen warme Tränen in den See.

Auch das andere Gesicht dort unten vergießt Tränen, die niemals hinabfallen, sondern zu dir emporsteigen.

Seine Tränen treffen sich mit deinen auf halbem Weg, an der Grenze, der spiegelnden Oberfläche des Sees.

Ja, denkst du und lässt dich kopfüber fallen, hinein in das weinende Gesicht dort unten im See.

Also bist du in dein Spiegelbild, in dein anderes Selbst, das ist wie du, nur seitenvertauscht, hineingesprungen.

Jetzt versinkst du in dir.

Diese Tiefen!, denkst du noch vollkommen berauscht, was für Tiefen doch in mir schlummerten!

Letzte Gedanken, bevor alles in Schwärze versinkt: Welch stilles Wasser ich doch bin!

Und möchte sein wie sie!

»So hässlich, h ä ss l i c h !!!«, schreie ich mich aus Spiegeln an.

»Ich wollte Menschen finden.
Du gabst mir das Leben.
Du hast mich allein gelassen.
Niemand darf alleine sein!«

Ich weine, w e i n e und lege seinen Leib in Erde nieder: »Ruhe in Frieden, Vater! Ruhe sanft, Frankenstein!«

Von Brüsten und Streifen

Bin zuhause in der Wohnung meiner Eltern. Laufe dort mit nacktem Oberkörper herum und schaue mich nun im Spiegel an. An die habe ich mich ja noch gar nicht gewöhnt, meine wunderschön geformten Brüste. Was für ein Busen! Einfach toll, fest und schön groß. Und diese großen Warzen mit weitem Hof! Mein Stolz, mein Ein und Alles, um das einmal vornehm auszudrücken. Saugeil, da kann kein Mann widerstehen! Nein, da drin ist nirgendwo Silikon, die sind echt, sind so gewachsen. Bei älteren Frauen sollen sie ja hängen, wie jedermann und jeder Mann sich im Internet anschauen kann.

Was mir aber gar nicht gefällt, sind diese Streifen quer über den Bauch. Habe nachgeschaut, die werden *Striae* genannt. Kommen die von der engen Kleidung und gehen sie wieder zurück? Das werden doch nicht etwa Narben sein? Wenn ja, wovon? Könnten auch bei Belastung eines schwachen Bindegewebes entstanden sein. *Marfan* fällt mir da als Krankheit ein, doch ob ich die habe, ist doch sehr fraglich.

Und jetzt beim Umdrehen schlage ich meinem Vater unbeabsichtigt auf die Nase. Gar nicht gut!

Doch schon schreie ich ihn empört an: »Was hast du hier bei mir im Bad zu suchen? Raus!!!«

Er nickt und geht blutend, ohne ein Wort zu sagen.

Drehe mich beruhigt wieder zurück und - sehe ihn nicht im Spiegel durch die Tür verschwinden. Und siedendheiß fällt mir ein: Der war auch vorher unsichtbar.

Ist er zum Vampir geworden?

Und *der* benimmt sich so brav?

Weil ich seine Tochter bin!?

Vielleicht, aber kaum zu glauben bei dem, was ich so alles von diesen Blutsaugern in Büchern und im Internet gelesen und in Horrorfilmen gesehen habe.

Oder ist der Alte gestorben und spukt noch hier als Geist herum?

Nein, das kann nicht sein! Geister haben doch keine feste Gestalt. Und die hat er, sonst hätte ich ihm keine reinhauen können, auf den ersten Blick aus Versehen, doch unbewusst aus gutem Grund, ganz einfach, weil er seine Nase überall reinstecken muss.

Sehr seltsam ist das alles aber doch. Er ist ein Mensch, der einzige vielleicht, der sein Spiegelbild verloren hat. Ja, es gab auch mal einen, der seinen Schatten verlor.

Ziehe mich an und verlasse das Bad - und lebe mein Leben.

Langweiliger Alltagstrott, immer dasselbe, wiederholt sich und wiederholt sich. Tippe jetzt alles in mein Tagebuch im Netz. Mit anderen tausche ich meine Gedanken in *Facebook* aus. Unterwegs, draußen auf der Straße, im Bus und in der Bahn habe ich natürlich mein Smartphone dabei, Flatrate, versteht sich. Mit den Kopfhörern im Ohr chatte ich mit den anderen, schaue mir Straßenpläne und Öffnungszeiten von Geschäften in der Mall und Diskos an. *Whatsapp* ist angesagt: News gehen raus und kommen an. Ok, geb's zu: Jage in letzter Zeit zu oft *Pokemons* live hier und da auf der Straße. Das sind die künstlichen Wesen, die beim Blick mit der Kamera in die Umgebung plötzlich zwischen Menschen und Gebäuden auftauchen. Hab das alles nur für die aufgeschrieben, die keine

Ahnung davon haben, was heute so abgeht, besonders für die Menschen in ferner Zukunft. Lese es vielleicht auch eines Tages, wenn ich grau bin und nicht mehr allzuviel checke, irgendwann vielleicht. Glaub's aber nicht. Ach ja, hab schon einige erlegt. Hat Spaß gemacht.

Da fällt mir doch etwas von früher ein: Liebes Tagebuch, habe dir noch gar nicht mitgeteilt, dass Vati verschwunden ist, keine Ahnung, warum und wie. Eines Tages war er einfach nicht mehr da, und niemand hat ihn seitdem gesehen. Mutti arbeitet den ganzen Tag, wenn ich zur Schule gehe. Das muss wohl sein, damit wir was zu essen haben und unsere Miete und all die laufenden Nebenkosten bezahlen können, sagt sie. Jeden Abend treffe ich mich mit meinen Freundinnen. Um 10 Uhr gehen wir in die Disko, tanzen und trinken und nehmen noch so ein paar Sachen ein. Nachts machen wir Jungs an. Die Nacht ist unser, für uns ist sie der Tag, ist Lachen, Lust und Liebe. Und nirgendwo sind da Geister und Vampire.

Vom Erlöschen und Weiterleben

Dort oben sitzt nicht etwa einfach nur ein Programmierer, *»Die Welt am Draht«*, flüstert es von irgendwo, der unsere Welt mit allen Wesen erschafft. Nein, alles ist viel, viel komplizierter. Denn jedes Ding in dieser, unserer Welt, jedes Wesen schafft Wirklichkeit durch sein Tun, aber auch durch seine Sicht der Dinge.

Und was bedeutet das für mich, für dich, für uns alle?

Das heißt zum Beispiel: Damals im Mittelalter gab es Hexen und Zauberer, weil alle daran glaubten - und weil es sie gab, glaubten es alle. Also wurden Hexen verbrannt, die Hexen waren. Also war die Erde eine Scheibe. Und wir lachen heute darüber und halten die Erde für eine Kugel, was unsere Sonden uns klar zeigen und beweisen. So ist es auch - zumindest jetzt und hier.

Damals aber war alles anders. Also war das Wichtigste das ewige Leben im Jenseits: Hölle oder Himmel. So war es, so ist es.

Heute nun bezweifeln viele Menschen ein Weiterleben nach dem Tod. Sie sind gebildet, haben studiert - oder auch nicht - glauben an die Naturwissenschaften, glauben fälschlicherweise, dass alles, was nicht bewiesen ist, nicht existiert. Also ist für sie der Tod das Ende, das Aus. Also geschieht es auch mit solch einem Menschen: Er erlöscht mit seinem Tod. Und doch wirkt er weiter durch alles, was er hier tat und nicht tat. Und doch lebt er weiter in seinen Kindern und Enkeln und Neffen und Nichten. Und doch lebt sein Fleisch, leben die Atome weiter und werden wieder neu zusammengefügt zu neuen Wesen und Welten.

Andere aber erwarten das Weiterleben ihrer Seele. Also haben sie eine Seele, die ihren Körper nach dem Tod verlässt. Also leiden sie im Fegefeuer mit der Gewissheit, erlöst zu werden, also leben sie weiter im Himmel, oder aber ewig gequält in der Hölle.

So spiegeln sich Welten in uns. So sind wir also Wesen innerhalb dieser Welten, die andere und wir uns erschaffen, Vorbild und Abbild zugleich, Original und Kopie.

Was passieren wird

Wie gut, dass wir Menschen nicht wissen, was uns das Leben bringt, was aus uns wird, dachte sie, dachten so viele vor ihr.

Ich sah sie und hörte ihre Gedanken, diese Gedanken flüstern. So sprach ich sie an: »Ich aber sage dir, Nairra, was dir gleich geschieht.«

»Woher weißt du das?«, fragte sie verwundert und schaute so traurig. »Und woher weißt du überhaupt meinen Namen? Habe dich noch nie gesehen. Ich kenn dich doch gar nicht!«

»Ich weiß es eben! Nicht weil ich gleich etwas tue, dir antue. Nicht etwa, weil ich ein Prophet bin oder auch nur ein Wahrsager, nein, deshalb weiß ich nicht, was du nicht weißt, was dir geschieht. Ich weiß es, weil es hier in diesem Buch steht. Deshalb weiß ich es, deshalb! Und immer wieder bei jedem Lesen geschieht es gleich. Schau, da stehen dein Name und auch die Straße und die Stadt, in der du lebst und so Vieles mehr von dir.«

Sie aber sah mich noch immer ungläubig an und achtete nicht auf das heranschleudernde Auto und dachte mir zu: Ach, und warum stellst du diese Fragen und weißt diese Antworten. Stehst du nicht auch in einem Buch? Welche Nebenrolle spielst du in welchem Film? Schau hinauf, dort sind die Fäden, an denen wir Marionetten häng…«

In diesem Augenblick wurde sie von diesem funkelnagelneuen roten Porsche Carrera erfasst, gegen die Wand gedrückt und zerquetscht.

Ich wusste es ja und konnte doch nichts dagegen tun und sah empor und die grauen Wolken und den schwarzen Nachthimmel dahinter mit unzähligen funkelnden Sternen sich öffnen und Augen hinabblicken auf dieses herrlich schreckliche Fetzenfiasko aus Fleisch und Metall.

Ich sah hinab und erblickte dort neben dem Chaos einen Menschenmann starr vor Entsetzen und Staunen emporschauen - ich sah mich!

Was willst du?

»Was willst du?«

So lautete die Frage aus dem Spiegel, vor dem er stand und weinte.

Er verstand und war nicht verwundert, dass dieser Spiegel sprechen konnte.

Ein sanfter Klang sang Worte tief in ihm.

Oder aber alles brach schreiend auf?

So stand er da und weinte nicht mehr und drehte sich um und ging.

Wohin?

Wir stehen auf

Wir stehen auf aus den Nächten.
Schreien wir?
Wir singen!
Welch ein Leuchten!
Klirrend entfalten wir gläserne Flügel.
Fallen wir?
Wir fliegen der anderen Mondin im spiegelnden See entgegen.

Wir zwei

Du schaust in den Spiegel.

Siehst du dich? Siehst du dein Spiegelbild, einen Mann, der glaubt noch jung zu sein und sich doch manchmal und immer öfter gar nicht mehr *so* stark und gesund fühlt und, kaum zu glauben, tatsächlich schon 60 Jahre alt ist? Siehst dich du im Spiegel: so traurig, einsam und so allein?

Du siehst dich nicht! Denn dort ist sie! Sie schaut dich an.

Was für ein Lächeln! Diese strahlenden Augen! Dich sehen und lieben. Ewig!, denkst du hier draußen, und dein Herz rast.

»Bin ich in der Welt dort unten ein Mann?«, fragst du dich verwundert vor deinem magischen Spiegel.

Sein bärtiges Gesicht schaut dich an. Nein, der sieht nichts mehr, ist gänzlich weggetreten. Trägt wohl eine starke Brille: Macht seine Augen klein - und traurig? Ach, jetzt ist er aus seinen Träumen erwacht und - lächelt er. Ob er mich wohl sieht? Er lächelt und schaut so verliebt sein Spiegelbild an?

Wir gehen synchron: Schritt vor, Schritt vor.

Zeitlupentraum.

Von fern erklingt ein sanftes Lied.

Mein rechtes Bein zunächst, dein linkes. Dein rechtes folgt, mein linkes. Immer weiter gehen wir im Gleichklang mit dem Rhythmus der Musik. So betreten wir beide lächelnd die Spiegelwelt, die da zwischen Hölle - sorry: Erde - und Oberwelt liegt. Hier fallen wir uns weinend in die Arme.

Linke und rechte Seite, Frau und Mann, oben und unten, Yin und Yang, verschmelzen zum TAO. Das aber ist die eine Wirklichkeit, aus der das Universum entspringt, die Mutter der Welt, Urquelle allen Seins, namenlos, unnennbar, das große Eine.

Zeit

»Was ist das, Zeit?«, fragst du dich selbst, während du in den Spiegel vor dir schaust.

Da siehst du auch schon dein Gesicht, die zarte rosa Haut von einst sich wandeln zu Blässe und Falten, in modernde Fäule, zerfallene Knochen.

Und das geht rasch, so rasend schnell, in einem Augenblick ist es geschehen!

Und schon ...

Spiegelklar schaut nichts dich an.

Zweimal zwei Spiegel

Zwei Spiegel sind da neben dir. Und du bist in ihnen.

Einer ist kleiner als du. Du hältst ihn in deinen Händen.

Du siehst dein Bild im großen Spiegel: dich mit Spiegel in den Händen.

Im kleinen aber lebt der große Spiegel.

Endlos gespiegelt hin und her und her und hin.

Wie oft ist Spiegel im Spiegel, ist Bild von mir, bin ich dort drin?

Hebe ich die Hand, so heben alle meine Bilder, die kleiner und kleiner werden, ihre Hände.

Lächle ich, so lächeln wir alle.

Oder weine ich nun, vor Glück, vor Trauer?

Da stehst du also neben dem großen Spiegel an der Wand.

 Du schaust nach rechts, du schaust hinein.

Was siehst du dort?

Einen schwarzen Ventilator an der Seite, im Hintergrund deine großen Werke, deine Bücher frontal an die Wand genagelt, dein Bett mit Decke und ... Dort schaut das Bild von dir dich an. Aber es ist nicht vollständig, nur dein Oberkörper mit Kopf: voller Bart, goldumrandete Brille, etwas eingefallene Wangen. In deiner linken Hand hältst du den kleinen rotgeränderten Spiegel. Dort drin ist dein Hinterkopf.

 Du drehst den Kopf und schaust nach links in den kleinen Spiegel. Nicht endlos gespiegelte Spiegelwelten, die du erwartet hattest, siehst du. Nein! Dort siehst du groß am Rande links deine dunkelblaue Jeansjacke mit pinkfarbenem Verlagsbutton, daneben dich von der Seite im großen Spiegel gespiegelt mit kleinem rot umrandeten Spiegel in der Hand, darin nicht mehr dein Hinterkopf, sondern dein Gesicht. Es schaut dich an.

    Jetzt lächelt es dir zu.

    Du staunst.

Ausklang

Sie und wir

Andere Menschen
winken uns zu
aus Spiegelglas

Spiegel dort unten
Du schaust hinab
Die Welt steht Kopf

Belletristik von Rainar Nitzsche

Die Pfadwelten - Die Trilogie

Die phantastische Reise von Manfred dem Magier ohne Zauberstab und Zaubersprüche, aber mit einem nur in der Not auftauchenden Schwert und mit der Fähigkeit sich in andere Lebewesen zu verwandeln. Sein Weg durch die Bioregionen der Erde, Fantasywelten mit Fabelwesen und Samurai auf der Suche nach der Liebe und im Kampf gegen ein uraltes unsterbliches schwarzes Wesen aus der Welt T-Her.

Der Leuchtende Pfad des Magiers. PFAD 1, 186 Seiten, handsigniert, nummeriert, limitiert auf 207 Exemplare, ISBN 9783930304035 Neuauflage als Taschenbuch ISBN 9783743113763, Neuauflage als E-Book ISBN 9783738032451.

Wandlungen der Drei. PFAD 2. 194 Seiten, handsigniert, nummeriert: 50 Exemplare, ISBN 9783930304134, Neuauflage als E-Book ISBN 9783738034493.

Wüsten-Berges-Himmels-Weiten. PFAD 3. Meditative Bio-Fantasy, 180 Seiten, handsigniert, nummeriert, limitiert auf 50 Exemplare, ISBN 9783930304172, Neuauflage als E-Book ISBN 9783738034714.

Der vierte Band - Kosmos und Einswerden

Seelenreisen von Menschen- und Arachnoiden, ES, Katzen und eines Schneckenwesens durch Raum und Zeit bis zur Vereinigung der Sieben bis hin zur Erleuchtung.

Ins All - Im Eins. PFAD 4. 208 Seiten, handsigniert, nummeriert, limitiert auf 50 Exemplare, ISBN 9783930304141. Neuauflage als E-Book ISBN 9783738035292.

Gesamtausgabe Bände 1-4: *Die Pfadwelten* komplett als E-Book ISBN 9783738050127.

Pfadwelten-Titel von Alexa E. Bach

Der Schneckenkönig. Auf der Suche nach der großen Liebe und seinen Untertanen begegnet der Schneckenkönig den wunderlichsten Wesen, wie den Buntlingen und lebendigen Spielfiguren. 76 Seiten, ISBN 9783842355873 Als E-Book ISBN 9783741248528.

Fantastische Kurzprosa
Die MONDIN-»Trilogie« - Vollmondnacht

Ruf der Mondin. Lieder der Nacht. 62 Seiten, ISBN 9783980210256.

Im Licht der Vollen Mondin. 132 Seiten, ISBN 9783930304042.

Mondin-Schein und Sein. 176 Seiten, ISBN 9783930304127.

Drei Themenbände: Tag, Spiegel, Kosmos

ATON Vater Sonn. Taggeschichten. 184 Seiten, 50 handsignierte, nummerierte 50 und weitere Exemplare, ISBN 9783930304097.

Spiegelwelten deiner Seele. Spiegelgeschichten mit 4 Grafiken von Harald Fuchs, 96 Seiten, 1. Auflage, 50 handsignierte, nummerierte 50 und weitere Exemplare, ISBN 9783930304271.

Still riefen uns die Sterne. Kosmische Geschichten, 164 Seiten, 50 handsignierte, nummerierte 50 und weitere Exemplare, ISBN 9783930304295.

Engel und Erleuchtung, Vampire und Parallelwelten, Spinnenträume

Von Engeln, Erleuchtung und Ewigkeit. Lyrisch-phantastisch-religiöse Texte mit Grafiken von Harald Fuchs, 2. überarbeitete Auflage, 144 Seiten, ISBN 9783930304783, Neuauflage als Taschenbuch ISBN 9783741266621, Neuauflage als E-Book ISBN 9783741287886

Das Schlafende steht auf aus Seinen Träumen. Fantastische Kurzprosa mit effektvoll veränderten Fotos. Vampire, Fabelwesen, Parallelwelten, 122 Texte, 30 Abbildungen, 204 Seiten, ISBN 9783930304776.

Spinnentraumgespinste. Spinnenträume und Spinnenbegegnungen. Mit über 80 verfremdeten Fotos sowie Grafik vom Verfasser. 2. überarbeitete Auflage. 164 Seiten, ISBN 9783930304707.

Anthologie

Märchens Geschichte. Neue Phantastik- und Horrorgeschichten. 63 Storys, 27 Autoren, 220 Seiten, ISBN 9783930304011.

Lyrik

Ewig sein in Stille. Meditative Lyrik und Grafik von Berthold Mallmann. Nummeriert, handsigniert, limitiert auf 50 Exemplare, 120 Seiten mit 21 Grafiken, ISBN 9783930304264, Neuauflage als Taschenbuch ISBN 9783741261312, Neuauflage als E-Book ISBN 9783743129597.

Klang über den Meeren der Zeit. Nummeriert, handsigniert, limitiert auf 313 Exemplare, 72 Seiten mit 31 Grafiken, 26 Gedichten, ISBN 9783930304073.

OM oder Das Rauschen der scheinbaren Leere. Meditative Lyrik. Nummeriert, handsigniert, limitiert auf 316 Exemplare, 80 Seiten, ISBN 9783930304028.

Die Zeit der Bäume. Nummeriert, handsigniert, limitiert auf 304 Exemplare, 60 Seiten mit 23 Grafiken und 26 Gedichten, ISBN 9783980210249.

Olaf Olsen

Dreimal Horror kurz und schmerzhaft mit Illustrationen von Rainar Nitzsche

ES bricht hervor aus dir. Nummeriert, handsign., limitiert auf 50 Exemplare, 106 Seiten, ISBN 9783930304493.

Höllen-Fahrten-Leben-Träume. Nummeriert, handsign., limitiert auf 50 Ex., 156 Seiten, ISBN 9783930304318.

Die Meere des Wahnsinns. Wenn sich die Grenzen verschieben. Nummeriert, handsigniert, limitiert auf 50 Exemplare, 78 Seiten, ISBN 9783930304301.